余华

短篇小说集

我没有自己的名字

余华 著

人民文学出版社
PEOPLE'S LITERATURE PUBLISHING HOUSE

图书在版编目（CIP）数据

我没有自己的名字：余华短篇小说集／余华著. --
北京：人民文学出版社，2021（2025.1重印）
  ISBN 978-7-02-013620-9

  Ⅰ.①我… Ⅱ.①余… Ⅲ.①短篇小说–小说集–中
国–当代 Ⅳ.①I247.7

中国版本图书馆CIP数据核字(2021)第183852号

出 品 人 **黄育海**
责任编辑 **朱卫净   李 殷   杜玉花**
装帧设计 **汪佳诗**

出版发行 **人民文学出版社**
社   址 **北京市朝内大街166号**
邮政编码 **100705**

印   制 **凸版艺彩（东莞）印刷有限公司**
经   销 **全国新华书店等**

字   数 **210千字**
开   本 **890毫米×1240毫米 1/32**
印   张 **10.5**
版   次 **2017年1月北京第1版**
印   次 **2025年1月第5次印刷**

书   号 **978-7-02-013620-9**
定   价 **98.00元**

如有印装质量问题，请与本社图书销售中心调换。电话：010-65233595

目录

十八岁出门远行

柏油马路起伏不止，马路像是贴在海浪上。我走在这条山区公路上，我像一条船。这年我十八岁，我下巴上那几根黄色的胡须迎风飘飘，那是第一批来这里定居的胡须，所以我格外珍重它们。我在这条路上走了整整一天，已经看了很多山和很多云。所有的山所有的云，都让我联想起了熟悉的人。我就朝着它们呼唤他们的绰号。所以尽管走了一天，可我一点也不累。我就这样从早晨里穿过，现在走进下午的尾声，而且还看到了黄昏的头发。但是我还没走进一家旅店。

　　我在路上遇到不少人，可他们都不知道前面是何处，前面是否有旅店。他们都这样告诉我："你走过去看吧。"我觉得他们说得太好了，我确实是在走过去看。可是我还没走进一家旅店。我觉得自己应该为旅店操心。

　　我奇怪自己走了一天竟只遇到一辆汽车。那时是中午，那时我刚刚想搭车，但那时仅仅只是想搭车，那时我还没为旅店操心，那时我只是觉得搭一下车非常了不起。我站在路旁朝那辆汽车挥手，我努力挥得很潇洒。可那个司机看也没看我，汽车和司机一样，也是看也没看，在我眼前一闪就他妈的过去了。我就在汽车后面拼命地追了一阵，我这样做只是为了高兴，因为那时我还没有为旅店操心。我一直追到汽车消失之后，然后我对着自己哈哈大笑，但是我马上发现笑得太厉害会影响呼吸，于是我立刻不笑。接着我就兴致勃勃地继续走路，但心里却开始后悔起来，后悔刚才没在潇洒地挥着的手里放一块石子。

现在我真想搭车，因为黄昏就要来了，可旅店还在它妈肚子里。但是整个下午竟没再看到一辆汽车。要是现在再拦车，我想我准能拦住。我会躺到公路中央去，我敢肯定所有的汽车都会在我耳边来个急刹车。然而现在连汽车的马达声都听不到。现在我只能走过去看了。这话不错，走过去看。

公路高低起伏，那高处总在诱惑我，诱惑我没命地奔上去看旅店，可每次都只看到另一个高处，中间是一个叫人沮丧的弧度。尽管这样我还是一次一次地往高处奔，次次都是没命地奔。眼下我又往高处奔去。这一次我看到了，看到的不是旅店而是汽车。汽车是朝我这个方向停着的，停在公路的低处。我看到那个司机高高翘起的屁股，屁股上有晚霞。司机的脑袋我看不见，他的脑袋正塞在车头里。那车头的盖子斜斜翘起，像是翻起的嘴唇。车厢里高高堆着箩筐，我想箩筐里装的肯定是水果。当然最好是香蕉。我想他的驾驶室里应该也有，那么我一坐进去就可以拿起来吃了。虽然汽车将要朝我走来的方向开去，但我已经不在乎方向。我现在需要旅店，旅店没有就需要汽车，汽车就在眼前。

我兴致勃勃地跑了过去，向司机打招呼："老乡，你好。"

司机好像没有听到，仍在拨弄着什么。

"老乡，抽烟。"

这时他才使了使劲，将头从里面拔出来，并伸过来一只黑乎乎的手，夹住我递过去的烟。我赶紧给他点火，他将烟叼在嘴上吸了几口后，又把头塞了进去。

于是我心安理得了，他只要接过我的烟，他就得让我坐他的车。我就绕着汽车转悠起来，转悠是为了侦察箩筐的内容。可是我看不清，便用鼻子闻，闻到了苹果味。苹果也不错，我这样想。

不一会他修好了车，就盖上车盖跳了下来。我赶紧走上去说："老乡，我想搭车。"不料他用黑乎乎的手推了我一把，粗暴地说："滚开。"

我气得无话可说，他却慢慢悠悠打开车门钻了进去，然后发动机响了起来。我知道要是错过这次机会，将不再有机会。我知道现在应该豁出去了。于是我跑到另一侧，也拉开车门钻了进去。我准备与他在驾驶室里大打一场。我进去时首先是冲着他吼了一声："你嘴里还叼着我的烟。"这时汽车已经活动了。

然而他却笑嘻嘻地十分友好地看起我来，这让我大感不解。他问：

"你上哪？"

我说："随便上哪。"

他又亲切地问："想吃苹果吗？"他仍然看着我。

"那还用问。"

"到后面去拿吧。"

他把汽车开得那么快，我敢爬出驾驶室爬到后面去吗？于是我就说："算了吧。"

他说："去拿吧。"他的眼睛还在看着我。

我说："别看了，我脸上没公路。"

他这才扭过头去看公路了。

汽车朝我来时的方向驰着，我舒服地坐在座椅上，看着窗外，和司机聊着天。现在我和他已经成为朋友了。我已经知道他是搞个体贩运的。这汽车是他自己的，苹果也是他的。我还听到了他口袋里面钱儿叮当响。我问他："你到什么地方去？"

他说："开过去看吧。"

这话简直像是我兄弟说的，这话可真亲切。我觉得自己与他更亲近了。车窗外的一切应该是我熟悉的，那些山那些云都让我联想起另一帮熟悉的人来了，于是我又叫唤起另一批绰号来了。

现在我根本不在乎什么旅店，这汽车这司机这座椅让我心安而理得。我不知道汽车要到什么地方去，他也不知道。反正前面是什么地方对我们来说无关紧要，我们只要汽车在驰着，那就驰过去看吧。

可是这汽车抛锚了。那个时候我们已经是好得不能再好的朋友了。我把手搭在他肩上，他把手搭在我肩上。他正在把他的恋爱说给我听，正要说第一次拥抱女性的感觉时，这汽车抛锚了。汽车是在上坡时抛锚的，那个时候汽车突然不叫唤了，像死猪那样突然不动了。于是他又爬到车头上去了，又把那上嘴唇翻了起来，脑袋又塞了进去。我坐在驾驶室里，我知道他的屁股此刻肯定又高高翘起，但上嘴唇挡住了我的视线，我看不到他的屁股。可我听得到他修车的声音。

过了一会他把脑袋拔了出来，把车盖盖上。他那时的手更黑了，他的脏手在衣服上擦了又擦，然后跳到地上走了过来。

"修好了？"我问。

"完了，没法修了。"他说。

我想完了。"那怎么办呢？"我问。

"等着瞧吧。"他漫不经心地说。

我仍在汽车里坐着，不知该怎么办。眼下我又想起什么旅店来了。那个时候太阳要落山了，晚霞则像蒸气似的在升腾。旅店就这样重又来到了我脑中，并且逐渐膨胀，不一会便把我的脑袋塞满了。那时我的脑袋没有了，脑袋的地方长出了一个旅店。

司机这时在公路中央做起了广播操，他从第一节做到最后一节，做得很认真。做完又绕着汽车小跑起来。司机也许是在驾驶室里待得太久，现在他需要锻炼身体了。看着他在外面活动，我在里面也坐不住，于是打开车门也跳了下去。但我没做广播操也没小跑。我在想着旅店。

这个时候我看到坡上有五个人骑着自行车下来，每辆自行车后座上都用一根扁担绑着两只很大的箩筐，我想他们大概是附近的农民，大概是卖菜回来。看到有人下来，我心里十分高兴，便迎上去喊道："老乡，你们好。"

　　那五个人骑到我跟前时跳下了车。我很高兴地迎了上去，问："附近有旅店吗？"

　　他们没有回答，而是问我："车上装的是什么？"

　　我说："是苹果。"

　　他们五人推着自行车走到汽车旁，有两个人爬到了汽车上，接着就翻下来十筐苹果，下面三个人把筐盖掀开往他们自己的筐里倒。我一时间还不知道发生了什么，那情景让我目瞪口呆。我明白过来就冲了上去，责问："你们要干什么？"

　　他们谁也没理睬我，继续倒苹果。我上去抓住其中一个人的手喊道："有人抢苹果啦！"这时有一只拳头朝我鼻子上狠狠地揍来了，我被打出几米远。爬起来用手一摸，鼻子软塌塌的像是挂在脸上，鲜血像是伤心的眼泪一样流。可当我看清打我的那个身强力壮的大汉时，他们五人已经跨上自行车骑走了。

　　司机此刻正在慢慢地散步，嘴唇翻着大口大口喘气，他刚才大概跑累了。他好像一点也不知道刚才的事。我朝他喊："你的苹果被抢走了！"可他根本没注意我在喊什么，仍在慢慢地散步。我真想上去揍他一拳，也让他的鼻子挂起来。我跑过去对着他的耳朵大喊："你的苹果被抢走了。"他这才转身看起我来，我发现他的表情越来越高兴，我发现他是在看我的鼻子。

这时候，坡上又有很多人骑着自行车下来了，每辆车后面都有两只大筐，骑车的人里面有一些孩子。他们蜂拥而来，又立刻将汽车包围。好些人跳到汽车上面，于是装苹果的箩筐纷纷而下，苹果从一些摔破的筐中像我的鼻血一样流了出来。他们都发疯般往自己筐中装苹果。才一瞬间工夫，车上的苹果全到了地上。那时有几辆手扶拖拉机从坡上隆隆而下，拖拉机也停在汽车旁，跳下一帮大汉开始往拖拉机上装苹果，那些空了的箩筐一只一只被扔了出去。那时的苹果已经满地滚了，所有人都像蛤蟆似的蹲着捡苹果。

　　我是在这个时候奋不顾身扑上去的，我大声骂着："强盗！"扑了上去。于是有无数拳脚前来迎接，我全身每个地方几乎同时挨了揍。我支撑着从地上爬起来时，几个孩子朝我击来苹果，苹果撞在脑袋上碎了，但脑袋没碎。我正要扑过去揍那些孩子，有一只脚狠狠地踢在我腰部。我想叫唤一声，可嘴巴一张却没有声音。我跌坐在地上，我再也爬不起来了，只能看着他们乱抢苹果。我开始用眼睛去寻找那司机，这家伙此时正站在远处朝我哈哈大笑，我便知道现在自己的模样一定比刚才的鼻子更精彩了。

　　那个时候我连愤怒的力气都没有了。我只能用眼睛看着这使我愤怒至极的一切。我最愤怒的是那个司机。

　　坡上又下来了一些手扶拖拉机和自行车，他们也投入到这场抢劫中去。我看到地上的苹果越来越少，看着一些人离去和一些人到来。来迟的人开始在汽车上动手，我看着他们将车窗玻璃卸了下来，将轮胎卸了下来，又将木板撬了下来。轮胎被卸去后的汽车显得特别垂头丧气，它趴在地上。一些孩子则去捡那些刚才被扔出去的箩筐。我看着地上越来越干净，人也越来越少。可我那时只能看着了，因为我连愤怒的力气都没有了。我坐在地上爬不起来，我只能让目光走来走去。

现在四周空荡荡了，只有一辆手扶拖拉机还停在趴着的汽车旁。有几个人在汽车旁东瞧西望，是在看看还有什么东西可以拿走。看了一阵后才一个一个爬到拖拉机上，于是拖拉机开动了。

这时我看到那个司机也跳到拖拉机上去了，他在车斗里坐下来后还在朝我哈哈大笑。我看到他手里抱着的是我那个红色的背包。他把我的背包抢走了。背包里有我的衣服和我的钱，还有食品和书。可他把我的背包抢走了。

我看着拖拉机爬上了坡，然后就消失了，但仍能听到它的声音，可不一会连声音都没有了。四周一下子寂静下来，天也开始黑下来。我仍在地上坐着，我这时又饥又冷，可我现在什么都没有了。

我在那里坐了很久，然后才慢慢爬起来。我爬起来时很艰难，因为每动一下全身就剧烈地疼痛，但我还是爬了起来。我一拐一拐地走到汽车旁边。那汽车的模样真是惨极了，它遍体鳞伤地趴在那里，我知道自己也是遍体鳞伤了。

天色完全黑了，四周什么都没有，只有遍体鳞伤的汽车和遍体鳞伤的我。我无限悲伤地看着汽车，汽车也无限悲伤地看着我。我伸出手去抚摸它。它浑身冰凉。那时候开始起风了，风很大，山上树叶摇动时的声音像是海涛的声音，这声音使我恐惧，使我也像汽车一样浑身冰凉。

我打开车门钻了进去，座椅没被他们撬去，这让我心里稍稍有了安慰。我就在驾驶室里躺了下来。我闻到了一股漏出来的汽油味，那气味像是我身内流出的血液的气味。外面风越来越大，但我躺在座椅上开始感到暖和一点了。我感到这汽车虽然遍体鳞伤，可它心窝还是健全的，还是暖和的。我知道自己的心窝也是暖和的。我一直在寻找旅店，没想到旅店你竟在这里。

我躺在汽车的心窝里，想起了那么一个晴朗温和的中午，那时的阳光非常美丽。我记得自己在外面高高兴兴地玩了半天，然后我回家了，在窗外看到父亲正在屋内整理一个红色的背包，我扑在窗口问："爸爸，你要出门？"

父亲转过身来温和地说："不，是让你出门。"

"让我出门？"

"是的，你已经十八了，你应该去认识一下外面的世界了。"

后来我就背起了那个漂亮的红背包，父亲在我脑后拍了一下，就像在马屁股上拍了一下，于是我欢快地冲出了家门，像一匹兴高采烈的马一样欢快地奔跑了起来。

一九八六年十一月十六日

西北风呼啸的中午

阳光从没有一丝裂隙一点小洞的窗玻璃外面窜了进来，几乎窜到我扔在椅子里的裤子上，那时我赤膊躺在被窝里，右手正在挖右眼角上的眼垢，这是我睡觉时生出来的。现在我觉得让它继续搁在那里是不合适的，但是去粗暴地对待它也没有道理。因此我挖得很文雅。而此刻我的左眼正闲着，所以就打发它去看那裤子。裤子是昨晚睡觉时脱的，现在我很后悔昨晚把它往椅子上扔时扔得太轻率，以致此刻它很狼狈地耷拉着，我的衣服也是那模样。如今我的左眼那么望着它们，竟开始怀疑起我昨夜睡着时是否像蛇一样脱了一层壳，那裤子那衣服真像是这样。这时有一丝阳光来到了裤管上，那一点跳跃的光亮看上去像一只金色的跳蚤。于是我身上痒了起来，便让那闲着的左手去搔，可左手马上就顾不过来了，只能再让右手去帮忙。

　　有人在敲门了。

　　起先我还以为是在敲邻居的门，可那声音却分明是直冲我来。于是我惊讶起来。我想谁会来敲我的门呢？除非是自己，而自己此刻正躺在床上。大概是敲错门了。我就不去答理，继续搔痒。我回想着自己每次在外面兜了一圈回来时，总要在自己门上敲上一阵，直到确信不会有人来开门我才会拿出钥匙。这时那门像是要倒塌似的巨响起来。我知道现在外面那人不是用手而是用脚了，随即还来不及容我考虑对策，那门便沉重地跌倒在地，发出的巨响将我的身体弹了几下。

一个满脸络腮胡子的彪形大汉来到床前，怒气冲冲地朝我吼道："你的朋友快死了，你还在睡觉。"

这个人我从未见过，不知道是谁生的。我对他说："你是不是找错地方了？"

他坚定地回答："绝对不会错。"

他的坚定使我疑惑起来，疑惑自己昨夜是否睡错了地方。我赶紧从床上跳起来，跑到门外去看门牌号码。可我的门牌此刻却躺在屋内。我又重新跑进来，在那倒在地上的门上找到了门牌。上面写着——

虹桥新村 26 号 3 室

我问他："这是不是你刚才踢倒的门？"

他说："是的。"

这就没错了。我对他说："你肯定是找错地方了。"

现在我的坚定使他疑惑了。他朝我瞧了一阵，然后问："你是不是叫余华？"

我说："是的，可我不认识你。"

他听后马上又怒气冲冲地朝我吼了起来："你的朋友快死了！"

"但是我从来就没有什么朋友。"我也吼了起来。

"你胡说，你这个卑鄙的小市民。"他横眉竖眼地说。

我对他说："我不是什么小市民，这一点我屋内堆满的书籍可以向你证明。如果你想把你的朋友硬塞给我，我绝不会要。因为我从来就没有什么朋友。不过……"我缓和了一下口气，继续说，"不过你可以把你的朋友去送给4室，也就是我的邻居，他有很多朋友，我想再增加一个他不会在意的。"

"可他是你的朋友，你休想赖掉。"他朝我逼近一步，像是要把我一口吞了。

"可是他是谁呢？"

他说出了一个我从未听到过的名字。

"我从来就不认识这个人。"我马上喊了起来。

"你这个忘恩负义的小市民。"他伸出像我小腿那么粗的胳膊，想来揪我的头发。

我赶紧缩到床角落里，气急败坏地朝他喊："我不是小市民，我的书籍可以证明。如果你再叫我一声小市民，我就要请你滚出去了。"

他的手突然往下一摆伸进了我的被窝，他那冰冷而有力的手抓住了我温热却软弱的脚了。然后我整个人被他从被窝里提了出来，他将我扔到地上。他说："快点穿衣服，否则我就这么揪着你去了。"

我知道跟这家伙再争辩下去是毫无意义的，因为他的力气起码比我大五倍。他会像扔一条裤子似的把我从窗口扔出去。于是我就说："既然一个快死的人想见我，我当然是乐意去的。"说完便从地上爬起来，开始穿衣服。

就是这样，在这个见鬼的中午，这个大汉一脚踹塌了我的房门，给我送来了一个我根本不想要的朋友，而且还是一个行将死去的朋友。此刻屋外的西北风正呼呼地起劲叫唤着。我没有大衣，没有围巾，也没有手套和帽子。我穿着一身单薄的衣服，就要跟着这个有大衣有围巾，还有手套和帽子的大汉，去见那个不知道是什么模样的朋友。

街上的西北风像是吹两片树叶似的把我和大汉吹到了朋友的屋门口。我看到屋门口堆满了花圈。大汉转过脸来无限悲伤地说："你的朋友死了。"

我还来不及细想这结果是值得高兴还是值得发愁，就听到了一片嘹亮的哭声。大汉将我推入这哭声中。

于是一群悲痛欲绝的男女围了上来，他们用一种令人感动不已的体贴口气对我说："你要想得开一点。"

而此时我也只能装作悲伤的样子点着头了。因为此时已没有意思再说那些我真正想说的话。我用手轻轻拍着他们的肩膀，轻轻摸着他们的头发，表示我感谢他们的安慰。我还和几个强壮的男人长久而又有力地握手，同时向他们发誓说我一定会想得开的。

这时一个老态龙钟的女人走了上来，眼泪汪汪地抓着我的手说："我的儿子死了。"

我告诉她："我知道了，我很悲伤，因为这太突然了。"我本来还想说自己昨天还和她儿子一起看太阳。

她于是痛哭起来，她尖利的哭声使我毛骨悚然。我对她说："你要想得开一点。"然后我感到她的哭声轻了下去，她开始用我的手擦她的眼泪。接着她抬起头来对我说："你也要想得开一点。"

我用力地点点头，说："我会想得开的。你可要保重身体。"

她又用我的手去擦眼泪了，她把我的手当成手帕了。她那混浊又滚烫的泪水在我手上一塌糊涂地涂了开来。我想抽回自己的手，可她抓得太紧了。她说："你也要保重身体。"

我说："我会保重身体的，我们都要保重身体。我们要化悲痛为力量。"

她点点头，然后说："我儿子没能等到你来就闭眼了，你不会怪他吧？"

"不会的，我不会怪他。"我说。

她又哇哇地哭开了，哭了一阵她对我说："我只有这么一个儿子，可他死了。现在你就是我的儿子了。"

我使劲将手抽了回来，装作要擦自己的眼泪。我根本没有眼泪。然后我告诉她："其实很久以来我一直把你当成自己的母亲。"我现在只能这样说了。

这句话惹得她更伤心地哭了起来。于是我只好去轻轻拍打她的肩膀，拍到我手酸时她才止住了哭声。然后她牵着我的手来到一个房间的门前，她对我说："你进去陪陪我儿子吧。"

我推开门走了进去，里面空无一人但却有个死人躺着。死人躺在床上，身上盖着一块白布。旁边有一把椅子，像是为我准备的，于是我就坐了上去。

我在死者身旁坐了很久，然后才掀开那白布去看看死者的模样。我看到了一张惨白的脸，在这张脸上很难看出年龄来。这张脸是我从未见到过的。我随即将白布重又盖上，心里想：这就是我的朋友。

我就这样坐在这个刚才看了一眼但又顷刻遗忘的死人身旁。我到这儿来并非是我自愿，我是无可奈何而来。尽管这个我根本没打算接纳的朋友已经死了，可我仍没卸去心上的沉重。因为他的母亲接替了他。一个我素不相识也就谈不上有什么好感的老女人成了我的母亲。她把我的手当成她的手帕让我厌烦，可我只能让她擦，而且当以后任何时候她需要时，我都得恭恭敬敬地将自己的手送上去，却不得有半句怨言。我很清楚接下去我要干些什么。我应该掏出二十元钱去买一个大花圈，我还要披麻戴孝为他守灵，还得必须痛哭一场，还得捧着他的骨灰挽着他的母亲去街上兜圈子。而且当这些全都过去以后，每年清明我都得为他去扫墓。并且将继承他的未竟之业去充当孝子……然而眼下对我来说最重要的是立刻去找个木匠，请他替我装上被那大汉一脚踢倒的房门，可我眼下只能守在这个死鬼身旁。

一九八七年二月十四日

鲜血梅花

一

　　一代宗师阮进武死于两名武林黑道人物之手，已是十五年前的依稀往事。在阮进武之子阮海阔五岁的记忆里，天空飘满了血腥的树叶。

　　阮进武之妻已经丧失了昔日的俏丽，白发像杂草一样在她的头颅上茁壮成长。经过十五年的风吹雨打，手持一把天下无敌梅花剑的阮进武，飘荡在武林中的威风如其妻子的俏丽一样荡然无存了。然而在当今一代叱咤江湖的少年英雄里，有关梅花剑的传说却经久不衰。

　　一旦梅花剑沾满鲜血，只需轻轻一挥，鲜血便如梅花般飘离剑身，只留一滴永久盘踞剑上，状若一朵袖珍梅花。梅花剑几代相传，传至阮进武手中，已有七十九朵鲜血梅花。阮进武横行江湖二十年，在剑上增添二十朵梅花。梅花剑一旦出鞘，血光四射。

阮进武在十五年前神秘死去，作为一个难解之谜，在他妻子心中一直盘踞至今。那一日的黑夜寂静无声，她在一片月光照耀下昏睡不醒，那时候她的丈夫在屋外的野草丛里悄然死去了。在此后的日子里，她将丈夫生前的仇敌在内心一一罗列出来，其结果却是一片茫然。

在阮进武生前的最后一年里，有几个明亮的清晨，她推开屋门，看到了在阳光里闪烁的尸体。她全然不觉丈夫曾在深夜离床出屋与刺客舞剑争生。事实上在那个时候，她已经隐约预感到丈夫躺在阳光下闪烁不止的情形。这情形在十五年前那个宁静之晨栩栩如生地来到了。阮进武仰躺在那堆枯黄的野草丛里，舒展的四肢暗示着某种无可奈何。他的双眼生长出两把黑柄的匕首。近旁一棵萧条的树木飘下的几张树叶，在他头颅的两侧随风波动，树叶沾满鲜血。后来，她看到儿子阮海阔捡起了那几张树叶。

阮海阔以树根延伸的速度成长起来，十五年后他的躯体开始微微飘逸出阮进武的气息。然而阮进武生前的威武却早已化为尘土，并未寄托到阮海阔的血液里。阮海阔朝着他母亲所希望的相反方向成长，在他二十岁的今天，他的躯体被永久地固定了下来。因此，当这位虚弱不堪的青年男子出现在他母亲眼前时，她恍恍惚惚体会到了惨不忍睹。但是十五年的忍受已经不能继续延长，她感到让阮海阔上路的时候应该来到了。

在这个晨光飘洒的时刻，她首次用自己的目光抚摸儿子，用一种过去的声音向他讲述十五年前的这个时候，他的父亲躺在野草丛里死去了，她说：

"我没有看到他的眼睛。"

她经过十五年时间的推测，依然无法确知凶手是谁。

"但是你可以去找两个人。"

她所说的这两个人，曾于二十年前在华山脚下与阮进武高歌比剑，也是阮进武威武一生唯一没有击败过的两名武林高手。他们中间任何一个都会告诉阮海阔杀父仇人是谁。

"一个叫青云道长，一个叫白雨潇。"

青云道长和白雨潇如今也已深居简出，远离武林的是是非非。尽管如此，历年来留存于武林中的许多难解之谜，在他俩眼中如一潭清水一样清晰可见。

阮海阔在母亲的声音里端坐不动，他知道接下去将会出现什么，因此几条灰白的大道和几条翠得有些发黑的河流，开始隐约呈现出来。母亲的身影在这个虚幻的背景前移动着，然后当年与父亲一起风流武林的梅花剑，像是河面上的一根树干一样漂了过来。阮海阔在接过梅花剑的时候，触摸到母亲冰凉的手指。

母亲告诉他：剑上已有九十九朵鲜血梅花。她希望杀夫仇人的血能在这剑身上开放出一朵新鲜的梅花。

阮海阔肩背梅花剑，走出茅屋。一轮红日在遥远的天空里飘浮而出，无比空虚的蓝色笼罩着他的视野。置身其下，他感到自己像一只灰黑的麻雀独自前飞。

在他走上大道时，不由回头一望。于是看到刚才离开的茅屋出现了与红日一般的颜色。红色的火焰贴着茅屋在晨风里翩翩起舞。在茅屋背后的天空中，一堆早霞也在熊熊燃烧。阮海阔那么看着，恍恍惚惚觉得茅屋的燃烧是天空里掉落的一片早霞。阮海阔听到了茅屋破碎时分裂的响声，于是看到了如水珠般四溅的火星。然后那堆火轰然倒塌，像水一样在地上洋溢开去。

阮海阔转身沿着大道往前走去，他感到自己跨出去的脚被晨风吹得飘飘悠悠。大道在前面虚无地延伸。母亲自焚而死的用意，他深刻地领悟到了。在此后漫长的岁月里，已无他的栖身之处。

没有半点武艺的阮海阔，肩背名扬天下的梅花剑，去寻找十五年前的杀父仇人。

二

母亲死前道出的那两个名字，在阮海阔后来无边无际的寻找途中，如山谷里的回声一般空空荡荡。母亲死前并未指出这两人现在何处，只是点明他俩存在于世这个事实。因此阮海阔行走在江河群山、集镇村庄之中的寻找，便显得十分渺小和虚无。然而正是这样的寻找，使阮海阔前行的道路出现无比广阔的前景，支持着他一日紧接一日的漫游。

阮海阔在母亲自焚之后踏上的那条大道，一直弯弯曲曲延伸了十多里，然后被一条河流阻断。阮海阔在走过木桥，来到河流对岸时，已经忘记了自己所去的方向，从那一刻以后，方向不再指导着他。他像是飘在大地上的风一样，随意地往前行走。他经过的无数村庄与集镇，尽管有着百般姿态，然而它们以同样的颜色的树木，同样形状的房屋组成，同样的街道上走着同样的人。因此阮海阔一旦走入某个村庄或集镇，就如同走入了一种回忆。

这种漫游持续了一年多以后，阮海阔在某一日傍晚时分来到了一个十字路口。十字路口的出现，在他的漫游里已经重复了无数次。寻找青云道长和白雨潇，在这里呈现出几种可能。然而在阮海阔绵绵不绝的漫游途中，十字路口并不比单纯往前的大道显示出几分犹豫。

此刻的十字路口在傍晚里接近了他。他看到前方起伏的群山，落日的光芒从波浪般联结的山峰上放射出来，呈现一道山道般狭长的辉煌。而横在前方的那条大道所指示的两端，却是一片片荒凉的泥土，霞光落在上面，显得十分粗糙。因此他在接近十字路口的时候，内心已经选择了一直往前的方向。正是一直以来类似于这样的选择，使他在一年多以后，来到了这里。

然而当他完成了对十字路口的选择以后很久，他才蓦然发现自己已经远离了那落日照耀下的群山。出现了这样一个事实，他并没有按照自己事前设计的那样一直往前，而是在十字路口处往右走上了那条指示着荒凉的大道。那时候落日已经消失，天空出现一片灰白的颜色。当他回首眺望时，十字路口显得含含糊糊，然后他转回身继续在这条大道上往前走去。在他重新回想刚才走到十字路口处的情景时，那一段经历却如同不曾有过一样，他的回想在那里变成了一段空白。

他的行走无法在黑夜到来后终止，因为刚才的错觉，使他走上了一条没有飘扬过炊烟的道路。直到很久以后，一座低矮的茅屋才远远地出现，里面的烛光摇摇晃晃地透露出来，使他内心出现一片午后的阳光。他在接近茅屋的时候，渐渐嗅到了一阵阵草木的艳香。那气息飘飘而来，如晨雾般弥漫在茅屋四周。

他走到茅屋门前，伫立片刻，里面没有点滴动静。他回首望了望无边的荒凉，便举起手指叩响了屋门。

屋门立即发出一声如人惊讶的叫唤，一个艳丽无比的女子站在门内。如此突然的出现，使他一时间不知所措。他觉得这女子仿佛早已守候在门后。

然而那女子却是落落大方，似乎一眼看出了他的来意，也不等他说话，便问他是否想在此借宿。

他没有说话，只是随着女子步入屋内，在烛光闪烁的案前落座。借着昏暗的烛光，他细细端详眼前这位女子，依稀觉得这女子脸上有着一层厚厚的胭脂。胭脂使她此刻呈现在脸上的迷人微笑有些虚幻。

然后他发现女子已经消失，他丝毫没有觉察到她消失的过程。然而不久之后他听到了女子在里屋上床时的响声，仿佛树枝在风中摇动一样的响声。

女子在里屋问他：

"你将去何处？"

那声音虽只是一墙之隔，却显得十分遥远。声音唤起了母亲自焚时茅屋燃烧的情景，以及他踏上大道后感受到的凉风。那一日清晨的风，似乎正吹着此刻这间深夜的茅屋。

他告诉她：

"去找青云道长和白雨潇。"

于是女子轻轻坐起，对阮海阔说：

"若你找到青云道长，替我打听一个名叫刘天的人，不知他现在何处。你就说是胭脂女求教于他。"

阮海阔答应了一声，女子复又躺下。良久，她又询问了一声：

"记住了？"

"记住了。"阮海阔回答。

女子始才安心睡去。阮海阔一直端坐到烛光熄灭。不久之后黎明便铺展而来。阮海阔悄然出门，此刻屋外晨光飘洒，他看到茅屋四周尽是些奇花异草，在清晨潮湿的风里散发着阵阵异香。

阮海阔踏上了昨日离开的大道，回顾昨夜过来的路，仍是无比荒凉。而另一端不远处却出现了一条翠绿的河流，河面上漂浮着丝丝霞光。阮海阔走向了河流。

多日以后，当阮海阔重新回想那一夜与胭脂女相遇的情形，已经恍若隔世。阮海阔虽是武林英雄后代，然而十五年以来从未染指江湖，所以也就不曾听闻胭脂女的大名。胭脂女是天下第二毒王，满身涂满了剧毒的花粉，一旦花粉洋溢开来，一丈之内的人便中毒身亡。故而那一夜胭脂女躲入里屋与阮海阔说话。

三

　　阮海阔离开胭脂女以后，继续漫游在江河大道之上、群山村庄之中。如一张漂浮在水上的树叶，不由自主地随波逐流。然而在不知不觉中，阮海阔开始接近黑针大侠了。

　　黑针大侠在武林里的名声，飘扬在胭脂女附近，已在江湖上威武了十来年。他是使暗器的一流高手。尤其是在黑夜里，每发必中。暗器便是他一头黑发，黑发一旦脱离头颅就坚硬如一根黑针。在黑夜里射出时没有丝毫光亮。黑针大侠闯荡江湖多年，因此头上的黑发开始显出了荒凉的景致。

　　阮海阔无尽地行走，在他离开胭脂女多月以后，出现在了某一个喧闹的集镇的街市上。那已是傍晚时刻，一直指引着他向前的大道，在集镇的近旁伸向了另一个方向。如果不是傍晚的来临，阮海阔便会继续遵照大道的指引，往另一个方向走去。然而傍晚改变了他的意愿，使他走入了集镇。他知道自己翌日清晨以后，会重新踏上这条大道。

　　阮海阔行走在街上，由于长久的疲倦，他觉得自己如一件衣服一样飘在喧闹的人声中。因此当他走入一家客店之后不久，便在附近楼台上几位歌伎轻声细语般的歌声里沉沉睡去了。

在黎明来到之前，阮海阔像是窗户被风吹开一样苏醒过来。那时候月光透过窗棂流淌在他的床上，户外寂静无声。阮海阔睁眼躺了良久，后来听到了几声马嘶。马嘶声使他眼前呈现出了夜晚离开的那条大道。大道延伸时茫然若失的情景，使他坐了起来，又使他离开了客店。

事实上，在月光照耀下的阮海阔，离开集镇以后并没有踏上昨日的大道，而是被一条河流旁的小路招引了过去。他沿着那条波光闪闪的河流走入了黎明，这才发现自己身在何处，而在此之前，他似乎以为自己一直走在昨日继续下去的大道上。

那时候一座村庄在前面的黎明里安详地期待着他。阮海阔朝村庄走去。村口有一口被青苔包围的井和一棵榆树，还有一个人坐在榆树下。

坐在树下那人在阮海阔走近以后，似看非看地注视着他。阮海阔一直走到井旁，井水宁静地制造出了另一张阮海阔的脸。阮海阔提起井边的木桶，向自己的脸扔了下去。他听到了井水如惊弓之鸟般四溅的声响。他将木桶提上来时，他的脸在木桶里接近了他。阮海阔喝下几口如清晨般凉爽的井水，随后听到树下那人说话的声音：

"你出来很久了吧？"

阮海阔转身望去，那人正无声地望着他。仿佛刚才的声音不是从那里飘出。阮海阔将目光移开，这时那声音又响了起来：

"你去何处？"

阮海阔继续将目光飘到那人身上，他看到清晨的红日使眼前这棵树和这个人散发出闪闪红光。声音唤起了他对青云道长和白雨潇虚无缥缈的寻找。阮海阔告诉他：

"去找青云道长和白雨潇。"

这时那人站立起来，他向阮海阔走来时，显示了他高大的身材。但是阮海阔却注意到了他头颅上荒凉的黑发。他走到阮海阔身前，用一种不容争辩的声音说：

"你找到青云道长，就说我黑针大侠向他打听一个名叫李东的人，我想知道他现在何处。"

阮海阔微微点了点头，说：

"知道了。"

阮海阔走下井台，走上了刚才的小路。小路在潮湿的清晨里十分犹豫地向前伸长，阮海阔走在上面，耳边重新响起多月前胭脂女的话语。胭脂女的话语与刚才黑针大侠所说的，像是两片碰在一起的树叶一样，在他前行的路上响着同样的声音。

四

阮海阔在时隔半年以后，在一条飘着枯树叶子的江边与白雨潇相遇。

那时候阮海阔漫无目标的行走刚刚脱离大道，来到江边。渡船已在江心摇摇晃晃地漂浮，江面上升腾着一层薄薄的水汽。

一位身穿白袍，手持一柄长剑的老人正穿过无数枯树向他走来。老人的脚步看去十分有力，可走来时却没有点滴声响，仿佛双脚并未着地。老人的白发白须迎风微微飘起，飘到了阮海阔身旁。

渡船已经靠上了对岸，有三个行人走了上去。然后渡船开始往这边漂浮而来。

白雨潇站在阮海阔身后，看到了插在他背后的梅花剑。黝黑的剑柄和作为背景波动的江水同时进入白雨潇的视野，勾起无数往事，而正在接近的渡船，开始隐约呈现出阮进武二十年前在华山脚下的英姿。

渡船靠岸以后，阮海阔先一步跨入船内，船剧烈地摇晃起来，可当白雨潇跨上去后，船便如岸上的磐石一样平稳了。船开始向江心渡去。

虽然江水急涌而来，拍得船舷水珠四溅，可坐在船内的阮海阔却感到自己仿佛是坐在岸上一样。故而刚才伫立岸边看渡船摇晃而去的情景，此刻回想起来觉得十分虚幻。阮海阔看着江岸慢慢退去，却没有发现白雨潇正以同样的目光注视着他。

白雨潇十分轻易地从阮海阔身上找到了二十年前的阮进武。

但是阮海阔毕竟不是阮进武。阮海阔脸上丝毫没有阮进武的威武自信，他虚弱不堪又茫然若失地望着江水滚滚流去。

渡船来到江心时，白雨潇询问阮海阔：

"你背后的可是梅花剑？"

阮海阔回过头来望着白雨潇，他答：

"是梅花剑。"

白雨潇又问："是你父亲留下的？"

阮海阔想起了母亲将梅花剑递过来时的情景，这情景在此刻江面的水汽里若隐若现。他点了点头。

白雨潇望了望急流而去的江水，再问：

"你在找什么人吧？"

阮海阔告诉他：

"找青云道长。"

阮海阔的回答显然偏离了母亲死前所说的话，他没有说到白雨潇，事实上他在半年前离开黑针大侠以后，因为胭脂女和黑针大侠委托之言里没有白雨潇，白雨潇的名字便开始在他的漫游里渐渐消散。

白雨潇不再说话，他的目光从阮海阔身上移开，望着正在来到的江岸。待船靠岸后，他与阮海阔一起上了岸，又一起走上了一条大道。然后白雨潇径自走去了。而阮海阔则走向了大道的另一端。

曾经携手共游江湖的青云道长和白雨潇，在五年前已经反目为敌，这在武林里早已是众所周知。

五

与白雨潇在那条江边偶然相遇之事，在阮海阔此后半年的空空荡荡的漫游途中，总是时隐时现。然而阮海阔无法想到这位举止非凡的老人便是白雨潇。只是难以忘记他身穿白袍潇洒而去的情景。那时候阮海阔已经与他背道而去，一次偶然的回首，他看到老人白色的身影走向青蓝色的天空，那时田野一望无际，巨大而又空虚的天空使老人走去的身影显得十分渺小。

多月之后，过度的劳累与总是折磨着他的饥饿，使他病倒在长江北岸的一座群山环抱的集镇里。那时他已经来到一条蜿蜒伸展的河流旁，一座木桥卧在河流之上。他尽管虚弱不堪，可还是踏上了木桥，但是在木桥中央他突然跪倒了，很久之后都无法爬起来，只能看着河水长长流去。直到黄昏来临，他才站立起来，黄昏使他重新走入集镇。

他在客店的竹床上躺下以后，屋外就雨声四起。他躺了三天，雨也持续了三天，他听着河水流动的声音越来越响亮。他感到水声流得十分遥远，仿佛水声是他的脚步一样正在远去。于是他时时感到自己并未卧床不起，而是继续着由来已久的漫游。

雨在第四日清晨蓦然终止，缠绕着他的疾病也在这日清晨消散。阮海阔便继续上路。但是连续三日的大雨已经冲走了那座木桥，阮海阔无法按照病倒前的设想走到河流的对岸。他在木桥消失的地方站立良久，看着路在那滔滔的河流对岸如何伸入了群山。他无法走过去，于是便沿着河流走去。他觉得自己会遇上一座木桥的。

然而阮海阔行走了半日，虽然遇到几条延伸过来的路，可都在河边突然断去，然后又在河对岸伸展出来。他觉得自己永远难以踏上对岸的路。这个时候，一座残缺不全的庙宇开始出现。庙宇四周树木参天，阮海阔穿过杂草和乱石，走入了庙宇。

阮海阔置身于千疮百孔的庙宇之中，看到阳光从四周与顶端的裂口倾泻进来，形成无数杂乱无章的光柱。他那么站了一会以后，听到一个如钟声一样的声音：

"阮进武是你什么人？"

声音在庙宇里发出了嗡嗡的回音。阮海阔环顾四周，他的目光被光柱破坏，无法看到光柱之外。

"是我父亲。"阮海阔回答。

声音变成了河水流动似的笑声，然后又问：

"你身后的可是梅花剑？"

"是梅花剑。"

声音说："二十年前阮进武手持梅花剑来到华山脚下……"声音突然中止，良久才继续道，"你离家已有多久了？"

阮海阔没有回答。

声音又问："你为何离家？"

阮海阔说："我在找青云道长。"

声音这次成为风吹树叶般的笑声，随后告诉阮海阔：

"我就是青云道长。"

胭脂女和黑针大侠委托之言此刻在阮海阔内心清晰响起。于是他说：

"胭脂女打听一个名叫刘天的人，不知这个人现在何处？"

青云道长沉吟片刻，然后才说：

"刘天七年前已去云南，不过现在他已走出云南，正往华山而去，参加十年一次的华山剑会。"

阮海阔在心里重复一遍后，又问：

"李东现在何处？黑针大侠向你打听。"

"李东七年前去了广西，他此刻也正往华山而去。"

母亲死前的声音此刻才在阮海阔内心浮现出来。当他准备询问十五年前的杀父仇人是谁时，青云道长却说：

"我只回答两个问题。"

然后阮海阔听到一道风声从庙宇里飘出，风声穿过无数树叶后销声匿迹了。他知道青云道长已经离去，但他还是站立了很久，然后才走出庙宇。

阮海阔继续沿着河流行走，白雨潇的名字在消失了很长一段时间后，重又来到。阮海阔在河旁行走半日后，一条大道在前方出现，于是他放弃了越过河流的设想，走上了大道，开始了对白雨潇的寻找。

六

阮海阔对白雨潇的寻找，是他漫无目标漂泊之旅的无限延长。此刻青云道长在他内心如一道烟一样消失了。而胭脂女和黑针大侠委托之事虽已完成，可在他后来的漫游途中，却如云中之月一样若有若无。尽管胭脂女和黑针大侠的模糊形象，会偶尔地出现在道路的前方，但他们的居住之处，阮海阔早已遗忘。因此他们像白雨潇一样显得虚无缥缈。

然而阮海阔毫无目的地漂泊，却在暗中开始接近黑针大侠了。他身不由己的行走进行到这一日傍晚时，来到了黑针大侠居住的村口。

这一日傍晚的情景与他初次来到的清晨似乎毫无二致。黑针大侠那时正坐在那棵古老的榆树下，落日的光芒和作为背景的晚霞使阮海阔感到无比温暖。这时候他已经知道来到了何处。他如上次一样走上了井台，提起井旁的木桶扔入井内，提上来以后喝下一口冰凉的井水，井水使他感受到了正在来临的黑夜。然后他回头注视着黑针大侠，他看到黑针大侠也正望着自己，于是他说：

"我找到青云道长了。"

他看到黑针大侠脸上出现了迷惑的神色，显然黑针大侠已将阮海阔彻底遗忘，就像阮海阔遗忘他的居住之处一样。阮海阔继续说：

"李东已经离开广西，正往华山而去。"

黑针大侠始才省悟过来，他突然仰脸大笑。笑声使榆树的树叶纷纷飘落。笑毕，黑针大侠站起走入了近旁的一间茅屋。不久他背着包袱走了出来，走到阮海阔身旁时略略停顿了一下，说：

"你就在此住下吧。"

说罢，他疾步而去。

阮海阔看着他的身影在那条小路的护送下，进入了沉沉而来的夜色。然后他才回身走入黑针大侠的茅屋。

七

阮海阔在离开黑针大侠的茅屋十来天后，一种奇怪的感觉使他隐约感到自己正离胭脂女越来越近。事实上他已不由自主地走上了那条指示着荒凉的大道。他在无知的行走中与黑针大侠重新相遇以后，依然是无知的行走使他接近了胭脂女。

那是中午的时刻，很久以前在黑夜里行走过的这条大道，现在以灿烂的姿态迎接了他。然而阳光的明媚无法掩饰道路伸展时的荒凉。阮海阔依稀回想起很久以前这条大道的黑暗情景。

不久之后他嗅到了阵阵异香，那时他已看到了远处的茅屋。他明白自己已经来到了何处。当他来到茅屋近前时，那一日清晨曾经向他招展过的奇花异草，在此刻中午阳光的照耀下，使他感到一种难以承受的热烈。

胭脂女伫立在花草之中，她的容颜比那个夜晚所见更为艳丽。奇花异草的簇拥，使她全身五彩缤纷。她看着阮海阔走来，如同看着一条河流来。

阮海阔没有走到她身旁，她异样的微笑使他在不远处无法举步向前，他告诉她：

"刘天现在正走在去华山的路上，他已经离开云南。"

胭脂女听后嫣然一笑，然后扭身走出花草，走入茅屋，她拖在地上的影子如一股水一样流入了茅屋。

阮海阔站了一会，胭脂女进去以后并没有立刻出来。于是他转身离去了。

八

阮海阔对白雨潇的寻找，在后来又继续了三年。在三年空虚的漂泊之后，这一日由于过度的劳累，他在一条大道中央的凉亭里席地而睡。

在阮海阔沉睡之时，一个白须白袍的老人飘然而至，他朝阮海阔看了很久，从此刻放在地上的梅花剑，他辨认出了这位沉睡的男子便是多年前曾经相遇过的阮进武之子。于是他蹲下身去拿起了梅花剑。

梅花剑的离去，使阮海阔蓦然醒来。他第二次与白雨潇相遇就这样实现了。

白雨潇微微一笑，问："还没有找到青云道长？"

这话唤起了阮海阔十分遥远的记忆，事实上这三年对白雨潇空荡荡的寻找，已经完全抹去了青云道长。

阮海阔说：

"我在找白雨潇。"

"你已经找到白雨潇了，我就是。"

阮海阔低头沉吟了片刻，他依稀感到那种毫无目标的美妙漂泊行将结束。接下去他要寻找的将是十五年前的杀父仇人，也就是说他将去寻找自己如何去死。

但是他还是说：

"我想知道杀死我父亲的人。"

白雨潇听后再次微微一笑，告诉他：

"你的杀父仇敌是两个人。一个叫刘天，一个叫李东。他们三年前在去华山的路上，分别死于胭脂女和黑针大侠之手。"

阮海阔感到内心一片混乱。他看着白雨潇将梅花剑举到眼前，将剑从鞘内抽出。在亭外辉煌阳光的衬托下，他看到剑身上有九十九朵斑斑锈迹。

白雨潇离去以后，阮海阔依旧坐在凉亭之内，面壁思索起很久以前离家出门时的情景。他闭上双目以后，看到自己在轮廓模糊的群山江河、村庄集镇之间漫游。那个遥远的傍晚他如何莫名其妙地走上了那条通往胭脂女的荒凉大道，以及后来在那个黎明之前他神秘地醒来，再度违背自己的意愿而走近了黑针大侠。他与白雨潇初次相遇在那条滚滚而去的江边，却又神秘地错开。在那个群山环抱的集镇里，那场病和那场雨同时进行了三天，然后木桥被冲走了，他无法走向对岸，却走向了青云道长。后来他那漫无目标的漫游，竟迅速地将他带到了黑针大侠的村口和胭脂女的花草旁。三年之后，他在这里与白雨潇再次相遇。现在白雨潇已经离去了。

一九八九年一月十八日

往事与刑罚

一九九〇年的某个夏日之夜，陌生人在他潮湿的寓所拆阅了一份来历不明的电报。然后，陌生人陷入了沉思的重围。电文只有"速回"两字，没有发报人住址姓名。陌生人重温了几十年如烟般往事之后，在错综复杂呈现的千万条道路中，向其中一条露出了一丝微笑。翌日清晨，陌生人漆黑的影子开始滑上了这条蚯蚓般的道路。

显而易见，在陌生人如道路般错综复杂的往事里，有一桩像头发那么细微的经历已经格外清晰了。一九六五年三月五日，这排列得十分简单的数字所喻示的内涵，现在决定着陌生人的方向。事实上，陌生人在昨夜唤醒这遥远的记忆时，并没有成功地排除另外几桩旧事的干扰。由于那时候他远离明亮的镜子，故而没有发现自己破译了电文后的微笑是含混不清的。他只是体会到了自己的情绪十分坚定。正是因为他过于信任自己的情绪，接下去出现的程序错误便不可避免。

几日以后，陌生人已经来到一个名叫烟的小镇。程序的错误便在这里显露出来。那是由一个名叫刑罚专家的人向他揭示的。

可以设想一下陌生人行走时的姿态和神色。由于被往事层层围困，陌生人显然无法在脑中正确地反映出四周的景与物。因此当刑罚专家看到他时，内心便出现了一种类似小号的鸣叫。那时的陌生人如一个迷途的孩子一样，走入了刑罚专家的视野。陌生人来到一幢灰色的两层小楼前，刑罚专家以夸张的微笑阻止了他的前行。

"你来了？"

刑罚专家的语气使陌生人大吃一惊。眼前这位白发闪烁的老人似乎暗示了某一桩往事，但是陌生人很难确认。

刑罚专家继续说：

"我已经期待很久了。"

这话并没有坚定陌生人的想法，但是陌生人做了退一步的假设——即便他接受这个想法，那眼前这位老人也不过是他广阔往事里的一粒灰尘而已。所以陌生人打算绕过这位老人，继续朝一九六五年三月五日走去。

此后的情形却符合了刑罚专家的意愿，陌生人并没走向一九六五年三月五日。那是在进行了一次简短的对话以后发生的。由于刑罚专家的提醒——这个提醒显然是很随意的，并不属于那类谋划已久的提醒。陌生人才得知自己此刻所处的位置，他发现了自己想去的地方和自己正准备去的地方无法统一。也就是说，他背道而驰了。事实上，一九六五年三月五日正离他越来越远。

直到现在，陌生人才首次回想多日前那个潮湿之夜和那份神秘的电报。他的思维长久地停留在一九六五年三月五日出现时的地方。现在他开始重视当时不断干扰着他的另几桩往事。它们分别是一九五八年一月九日、一九六七年十二月一日、一九六〇年八月七日和一九七一年九月二十日。于是陌生人明白了自己为何无法走向一九六五年三月五日。事实上，电文所喻示的内容，在另四桩往事里也存在着同样的可能性。正是这另外四种时间所释放出来的干扰，使他无法正确地走向一九六五年三月五日。而这四桩往事都由四条各不相关的道路代表。现在陌生人即便放弃一九六五年三月五日，他也无法走向一九五八年一月九日和其他的三桩往事。

那是另外一个夏日的傍晚。因为程序的错误而陷入困境的陌生人不得不重新思考去路。于是他才郑重其事地注视起刑罚专家。注视的结果让他感到眼前这位老人与他许多往事有着时隐时现的联结。因此当他再度审视目前的处境时，开始依稀感觉到这一切都是事先安排好的。

在天色逐渐黑下来时，刑罚专家向陌生人发出了十分有把握的邀请。陌生人无疑顺从了这种属于命运的安排，他跟在刑罚专家身后，走入那幢二层的灰色小楼。

在四周涂着黑色油彩的客厅里，陌生人无声地坐了下来。刑罚专家打亮一盏白色小灯。于是陌生人开始寻找起多日前那份电报和眼下这个客厅之间是否存在着必要的联系。寻找的结果却是另外的面貌，那就是他发现自己过来的那条路显得有些畸形。

陌生人和刑罚专家的交谈从一开始就进入了和谐的实质。那情景令人感到他们已经交谈过多次了，仿佛都像了解自己的手掌一样了解对方的想法。

刑罚专家作为主人，首先引出话题是义不容辞的。他说：

"事实上，我们永远生活在过去里。现在和将来只是过去耍弄的两个小花招。"

陌生人承认刑罚专家的话有着强大的说服力，但是他更关心的是自己的现状。

"有时候，我们会和过去分离。现在有一个什么东西将我和过去分割了。"

陌生人走向一九六五年三月五日的失败，使他一次次地探察其中因由，他开始感到并非只是另四桩往事干扰的结果。

然而刑罚专家却说：

"你并没有和过去分离。"

陌生人不仅没有走向一九六五年三月五日，反而离其越来越远，而且同样也远离了另四桩往事。

刑罚专家继续说：

"其实你始终深陷于过去之中，也许你有时会觉得远离过去，这只是貌离神合，这意味着你更加接近过去了。"

陌生人说：

"我坚信有一样什么东西将我和过去分割。"

刑罚专家无可奈何地微微一笑，他感到用语言去说服陌生人是件可怕的事。

陌生人继续在他的思维上行走——当他远离了他的所有往事之后，刑罚专家却以异样的微笑出现了，并且告诉他：

"我期待已久了。"

因此陌生人说：

"那样东西就是你。"

刑罚专家无法接受陌生人的这个指责，尽管如此使用语言使他疲倦，但他还是再一次说明：

"我并没有将你和过去分割，相反是我将你和过去紧密相连，换句话说，我就是你的过去。"

刑罚专家吐出最后一个字时的语气，让陌生人感到这种交谈继续下去的可能性已经出现缺陷，但他还是向刑罚专家指出：

"你对我的期待使我费解。"

"如果你不强调必然的话，"刑罚专家解释道，"你把我的期待理解成是对偶然的期待，那你就不会感到费解。"

"我可以这样理解。"陌生人表示同意。

刑罚专家十分满意，他说："我很高兴能在这个问题上与你一致。我想我们都明白必然是属于那类枯燥乏味的事物，必然不会改变自己的面貌，它只会傻乎乎地一直往前走。而偶然是伟大的事物，随便把它往什么地方扔去，那地方便会出现一段崭新的历史。"

陌生人并不反对刑罚专家的阔论，但他更为关心的是：

"你为何期待我？"

刑罚专家微微一笑，他说：

"我知道迟早都会进入这个话题，现在进入正是时候。因为我需要一个人帮助，一个富有自我牺牲精神的人帮助。我觉得你就是这样的人。"

陌生人问：

"什么帮助？"

刑罚专家回答：

"你明天就会明白。现在我倒是很愿意跟你谈谈我的事业。我的事业就是总结人类的全部智慧，而人类的全部智慧里最杰出的部分便是刑罚。这就是我要与你谈的。"

刑罚专家显然掌握了人类所拥有的全部刑罚。他摊开手掌，让陌生人像看他的手纹一样了解他的刑罚。尽管他十分简单逐个介绍那些刑罚，但他对每个刑罚实施时所产生的效果，却做了煽动性的叙述。

在刑罚专家冗长的却又极其生动的叙述结束以后，细心的陌生人发现了某个遗漏的刑罚，那就是绞刑。因为被一种复杂多变的情绪所驱使，事实上从一开始，陌生人已经在期待着这个刑罚在刑罚专家叙述中出现。在那一刻里，陌生人已经陷入一片灾难般的沉思。已经变得模糊不清的一九六五年三月五日，在他的沉思里逐渐清晰起来。可以这样推测，在一九六五年三月五日的任何时候，某个与陌生人的往事休戚相关的人自缢身亡。

陌生人为了从这段令人窒息的往事里挣扎而出，使用了这样的手段，那就是提醒刑罚专家遗漏了怎样一个刑罚，他希望刑罚专家有关这个刑罚的精彩描叙，能帮助他脱离往事。

然而刑罚专家却勃然大怒。他向陌生人声明，他并不是遗漏，而是耻于提起这个刑罚。因为这个刑罚被糟蹋了，他告诉陌生人那些庸俗的自杀者是如何糟蹋这个刑罚的。他向陌生人吼道：

"他们配用这个刑罚吗？"

刑罚专家的愤怒是陌生人无法预料的，因此也就迅速地将陌生人从无边的往事里拯救出来。当陌生人完成一次呼吸开始轻松起来后，面对燃烧的刑罚专家，他提出了这样一个问题：

"你试过那些刑罚吗？"

刑罚专家燃烧的怒火顷刻熄灭，他没有立刻回答陌生人的问题，而是陷入了无限广阔的快感之中。他的脸上飞过一群回忆的乌鸦，他像点钞票一样在脑中清点他的刑罚。他告诉陌生人，在他所进行的全部试验里，最为动人的是一九五八年一月九日、一九六七年十二月一日、一九六〇年八月七日和一九七一年九月二十日。

显而易见，刑罚专家提供的这四段数字所揭示的内容，并不像数字本身那样一目了然。它散发着丰富的血腥气息，刑罚专家让陌生人知道：

他是怎样对一九五八年一月九日进行车裂的，他将一九五八年一月九日撕得像冬天的雪片一样纷纷扬扬。对一九六七年十二月一日，他施以宫刑，他割下了一九六七年十二月一日的两只沉甸甸的睾丸，因此一九六七年十二月一日没有点滴阳光，但是那天夜晚的月光却像杂草丛生一般。而一九六〇年八月七日同样在劫难逃，他用一把锈迹斑斑的钢锯，锯断了一九六〇年八月七日的腰。最为难忘的是一九七一年九月二十日，他在地上挖出一个大坑，将一九七一年九月二十日埋入土中，只露出脑袋，由于泥土的压迫，血液在体内蜂拥而上。然后刑罚专家敲破脑袋，一根血柱顷刻出现。一九七一年九月二十日的喷泉辉煌无比。

陌生人陷入一片难言的无望之中。刑罚专家展示的那四段简单排列的数字，每段都暗示了一桩深刻的往事。一九五八年一月九日、一九六七年十二月一日、一九六〇年八月七日和一九七一年九月二十日。这正是陌生人广阔往事中四桩一直追随他的往事。

当陌生人再度回想那个潮湿之夜和那份神秘的电报时，他开始思索当时为何选择了一九六五年三月五日，而没有选择其他四桩往事。而对刑罚专家刚才提供的四段数字，他用必然和偶然两种思维去理解。无论哪一种思维，都让他依稀感到刑罚专家此刻占有了他的四桩往事。

事实上很久以来，陌生人已经不再感到这四桩往事的实在的追随。四桩往事早已化为四阵从四个方向吹来的阴冷的风。四桩往事的内容似乎已经腐烂，似乎与尘土融为一体了。然而它们的气息并没完全消散，陌生人之所以会在此处与刑罚专家奇妙地相逢，他隐约觉得是这四桩往事指引的结果。

后来，刑罚专家从椅子里出来，他从陌生人身旁走过去，走入他的卧室。那盏白色小灯照耀着他，他很像是一桩往事走入卧室。陌生人一直坐在椅子里，他感到所有的往事都已消散，只剩下一九六五年三月五日，然而却与他离得很远。后来当他沉沉睡去，那模样很像一桩固定的往事一样安详无比。

翌日清早，当刑罚专家和陌生人再度坐到一起时，无可非议，他们对对方的理解已经加深了。因此，他们的对话从第一句起就进入了实质。

刑罚专家在昨日已经表示需要陌生人的帮助，现在他展开了这个话题：

"在我所有的刑罚里，还剩两种刑罚没有试验。其中一个是为你留下的。"

陌生人需要进一步的了解，于是刑罚专家带着陌生人推开了一扇漆黑的房门，走入一间空旷的屋子。屋内只有一张桌子放在窗前，桌上是一块极大的玻璃，玻璃在阳光下灿烂无比，墙角有一把十分锋利的屠刀。

刑罚专家指着窗前的玻璃，对陌生人说：

"你看它多么兴高采烈。"陌生人走到近旁，看到阳光在玻璃上一片混乱。

刑罚专家指着墙角的屠刀告诉陌生人，就用这把刀将陌生人腰斩成两截，然后迅速将陌生人的上身安放在玻璃上，那时陌生人上身的血液依然流动，他将慢慢死去。

刑罚专家让陌生人知道，当他的上身被安放在玻璃上后，他那临终的眼睛将会看到什么。无可非议，在接下去出现的那段描述将是十分有力的。

"那时候你将会感到从未有过的平静，一切声音都将消失，留下的只是色彩。而且色彩的呈现十分缓慢。你可以感觉到血液在体内流得越来越慢，又怎样在玻璃上洋溢开来，然后像你的头发一样千万条流向尘土。你在最后的时刻，将会看到一九五八年一月九日清晨的第一颗露珠，露珠在一片不显眼的绿叶上向你眺望；将会看到一九六七年十二月一日中午的一大片云彩，因为阳光的照射，那云彩显得五彩缤纷；将会看到一九六〇年八月七日傍晚来临时的一条山中小路，那时候晚霞就躺在山路上，温暖地期待着你；将会看到一九七一年九月二十日深夜月光里的两颗萤火虫，那是两颗遥远的眼泪在翩翩起舞。"在刑罚专家平静的叙述完成之后，陌生人又一次陷入沉思的重围。一九五八年一月九日清晨的露珠，一九六七年十二月一日中午缤纷的云彩，一九六〇年八月七日傍晚温暖的山中小路，一九七一年九月二十日深夜月光里的两颗舞蹈的眼泪。这四桩往事像四张床单一样呈现在陌生人飘忽的视野中。因此，陌生人将刑罚专家的叙述理解成一种暗示。陌生人感到刑罚专家向自己指出了与那四桩往事重新团聚的可能性。于是他脸上露出安详的微笑，这微笑无可非议地表示了他接受刑罚专家的美妙安排。

陌生人愿意合作的姿态使刑罚专家十分感激，但是他的感激是属于内心的事物，他并没有表现得像一只跳蚤一样兴高采烈，他只是赞许地点了点头。然后他希望陌生人能够恢复初来世上的形象，那就是赤裸裸的形象。他告诉陌生人：

"并不是我这样要求你，而是我的刑罚这样要求你。"

陌生人欣然答应，他觉得以初来世上的形象离世而去是理所当然的。另一方面，他开始想象自己赤裸裸地去与那四桩往事相会的情景，他知道他的往事会大吃一惊的。

刑罚专家站在右侧的墙角，看陌生人如脱下一层皮般地脱下了衣裤。陌生人展示了像刻满刀痕一样皱巴巴的皮肉。他就站在那块灿烂的玻璃旁，阳光使他和那块玻璃一样闪烁不止。刑罚专家离开了布满阴影的墙角，走到陌生人近旁，他拿起那把亮闪闪的屠刀，阳光在刀刃上跳跃不停，显得烦躁不安。他问陌生人：

"准备完了？"

陌生人点点头。陌生人注视着他的目光安详无比，那是成熟男子期待幸福降临时应有的态度。

陌生人的安详使刑罚专家对接下去所要发生的事充满信心。他伸出右手抚摸了陌生人的腰部，那时候他发现自己的手指微微有些颤抖。这个发现开始暗示事情发展的结果已经存在另一种可能性。他不知道是由于过度激动，还是因为力量在他生命中冷漠起来。事实上很久以前，刑罚专家已经感受到了力量如何在生命中衰老。此刻当他提起屠刀时，双手已经颤抖不已。

那时候陌生人已经转过身去，他双眼注视着窗外，期待着那四桩往事翩翩而来。他想象着那把锋利的屠刀如何将他截成两段，他觉得很可能像一双冰冷的手撕断一张白纸一样美妙无比。然而他却听到了刑罚专家精疲力竭的一声叹息。

当他转回身来时，刑罚专家羞愧不已地让陌生人看看自己这双颤抖不已的手，他让陌生人明白：他不能像刑罚专家要求的那样，一刀截断陌生人。

然而陌生人却十分宽容地说：

"两刀也行。"

"但是，"刑罚专家说，"这个刑罚只给我使用一刀的机会。"

陌生人显然不明白刑罚专家的大惊小怪，他向刑罚专家指出了这一点。

"可是这样糟蹋了这个刑罚。"刑罚专家让陌生人明白这一点。

"恰恰相反，"陌生人认为，"其实这样是在丰富发展你的这个刑罚。"

"可是，"刑罚专家十分平静地告诉陌生人，"这样一来你临终的感受糟透了。我会像剁肉饼一样把你腰部剁得杂乱无章。你的胃、肾和肝们将像烂苹果一样索然无味。而且你永远也上不了这块玻璃，你早就倒在地上了。你临终的眼睛所能看到的，尽是些蚯蚓在泥土里扭动和蛤蟆使人毛骨悚然的皮肤，还有很多比这些更糟糕的景与物。"

刑罚专家的语言是由坚定不移的声音护送出来的，那声音无可非议地决定了事件将向另一个方向发展。因此陌生人重新穿上脱下的衣裤是顺理成章的。本来他以为已经不再需要它们了，结果并不是这样。当他穿上衣裤时，似乎感到自己正往身上抹着灰暗的油彩，所以他此刻的目光是灰暗的，刑罚专家在他的目光中也是灰暗的，灰暗得像某一桩遥远的往事。

陌生人无力回避这样的现实，那就是刑罚专家无法帮助他与那四桩往事相逢。尽管他无法理解刑罚专家为何要美丽地杀害他的往事，但他知道刑罚专家此刻内心的痛苦，这个痛苦在他的内心响起了一片空洞的回声。显而易见，刑罚专家的痛苦是因为无力实施那个美妙的刑罚，而他的痛苦却是因为无法与往事团聚。尽管痛苦各不相同，可却牢固地将他们联结到一起。

可以设想到，接下来出现的一片寂静将像黑夜一样沉重。直到陌生人和刑罚专家重新来到客厅时才摆脱那一片寂静的压迫。他们是在那间玻璃光四射的屋子里完成了沉闷的站立后来到客厅的。客厅的气氛显然是另外一种形状，所以他们可以进行一些类似于交谈这样的活动了。

他们确实进行了交谈，而且交谈从一开始就进入了振奋，自然这是针对刑罚专家而言的。刑罚专家并没有因为刚才的失败永久地沮丧下去。他还有最后一个刑罚值得炫耀。这个刑罚无疑是他一生中最为得意的，他告诉陌生人：

"是我创造的。"

刑罚专家让陌生人明白这样一个事件：有一个人，严格说是一位真正的学者，这类学者在二十世纪已经荡然无存。他在某天早晨醒来时，看到有几个穿着灰色衣服的男人站在床前，就是这几个男人把他带出了自己的家，送上了一辆汽车。这位学者显然对他前去的地方充满疑虑，于是他就向他们打听，但他们以沉默表示回答，他们的态度使他忐忑不安。他只能看着窗外的景色以此来判断即将发生的会是些什么。他看到了几条熟悉的街道和一条熟悉的小河流，然后它们都过去了。接下来出现的是一个很大的广场，这个广场足可以挤上两万人，事实上广场上已经有两万人了。远远看去像是一片夏天的蚂蚁。不久之后，这位学者被带入了人堆之中，那里有一座高台，学者站在高台上，俯视人群，于是他看到了一片丛生的杂草。高台上有几个荷枪的士兵，他们都举起枪瞄准学者的脑袋，这使学者惊慌失措。然而不久之后他们又都放下枪，他们忘了往枪膛里压子弹，学者看到几颗有着阳光般颜色的子弹压进了几支枪中，那几支枪又瞄准了学者的脑袋。这时候有一法官模样的人从下面爬了上来，他向学者宣布了这样一个事实，即学者被判处死刑。这使学者大为吃惊，他不知道自己有何罪孽，于是法官说：

"你看看自己那双沾满鲜血的手吧。"

学者看了一下，但没看到手上有血迹。他向法官伸出手，试图证明这个事实。法官没有理睬，而是走到一旁。于是学者看到无数人一个挨着一个走上高台，控诉他的罪孽就是将他的刑罚一个一个赠送给了他们的亲人。刚开始学者与他们发生了激烈的争吵。他企图让他们明白任何人都应该毫不犹豫地为科学献身，他们的亲人就是为科学献身的。然而不久以后，学者开始真正体会到眼下的处境，那就是马上就有几颗子弹从几个方向奔他脑袋而来，他的脑袋将被打成从屋顶上掉下来的碎瓦一样破破烂烂。于是他陷入了与人群一样广阔的恐怖与绝望之中，台下的人像水一样流上台来，完成了控诉之后又从另一端流了下去。这情景足足持续了十个小时，在这期间，那几个士兵始终举着枪瞄准他的脑袋。

刑罚专家的叙述进行到这以后，他十分神秘地让陌生人知道：

"这位学者就是我。"

接下去他告诉陌生人，他足足花费了一年时间才完成这十个小时时间所需要的全部细节。

当学者知道自己被处以死刑的事实以后，在接下去的十个小时里，他无疑接受了巨大的精神折磨。在那十个小时里，他的心理千变万化，饱尝了一生经历都无法得到的种种体验。一会胆战心惊，一会慷慨激昂，一会又屁滚尿流。当他视死如归才几秒钟，却又马上发现活着分外美丽。在这动荡不安的十个小时里，学者感到错综复杂的各类情感像刀子一样切割自己。

显而易见，从刑罚专家胸有成竹的叙述里，可以看出这个刑罚已经趋向完美。因此在整个叙述完成之后，刑罚专家便立刻明确告诉陌生人：

"这个刑罚是留给我的。"

他向陌生人解释，他在这个刑罚里倾注了十年的心血，因此他不会将这个刑罚轻易地送给别人。这里指的别人显然是暗示陌生人。

陌生人听后微微一笑，那是属于高尚的微笑。这微笑成功地掩盖了陌生人此刻心中的疑虑。那就是他觉得这个刑罚并没有像刑罚专家认为的那么完美，里面似乎存在着某一个漏洞。

刑罚专家这时候站立起来，他告诉陌生人，今天晚上他就要试验这个刑罚了。他希望陌生人在这之后能够出现在他的卧室，那时候：

"你仍然能够看到我，而我则看不到你了。"

刑罚专家走入卧室以后，陌生人依旧在客厅里坐了很久，他思忖着刑罚专家临走之言呈现的真实性，显然他无法像刑罚专家那么坚定不移。后来，当他离开客厅走入自己卧室时，他无可非议地坚信这样一个事实，即明天他走入刑罚专家卧室时，刑罚专家依然能够看到他。他已在这个表面上看去天衣无缝的刑罚里找到漏洞所在的位置。这个漏洞所占有的位置决定了刑罚专家的失败将无法避免。

翌日清晨的情形，证实了陌生人的预料。那时候刑罚专家疲惫不堪地躺在床上，他脸色苍白地告诉陌生人，昨晚的一切都进行得十分顺利，可是在最后的时刻他突然清醒过来了。他悲伤地掀开被子，让陌生人看看。

"我的尿都吓出来了。"

从床上潮湿的程度，陌生人保守地估计到昨晚刑罚专家的尿起码冲泻了十次。眼前的这个情景使陌生人十分满意。他看着躺在床上喘气的刑罚专家，他不希望这个刑罚成功，这个虚弱不堪的人掌握着他的四桩往事。这个人一辞世而去，那他与自己往事永别的时刻就将来到。因此他不可能向刑罚专家指出漏洞的存在与位置。所以当刑罚专家请他明天再来看看时，他连微笑也没有显露，他十分严肃地离开了这个屋子。

第二天的情景无疑仍在陌生人的预料之中。刑罚专家如昨日一般躺在床上，他憔悴不堪地看着陌生人推门而入，为了掩盖内心的羞愧，他掀开被子向陌生人证明他昨夜不仅尿流了一大片，而且还排泄了一大堆屎。可是结果与昨日一样，在最后的时刻他突然清醒过来，他痛苦地对陌生人说：

"你明天再来，我明天一定会死。"

陌生人没有对这句话引起足够的重视，他怜悯地望着刑罚专家，他似乎很想指出那个刑罚的漏洞所在，那就是在十小时过去后应该出现一颗准确的子弹，子弹应该打碎刑罚专家的脑袋。刑罚专家十年的心血只完成十小时的过程，却疏忽了最后一颗关键的子弹。但陌生人清醒地认识指出这个漏洞的危险，那就是他的往事将与刑罚专家一起死去。如今对陌生人来说，只要与刑罚专家在一起，那他就与自己的往事在一起了。他因为掌握着这个有关漏洞的秘密，所以当他退出刑罚专家卧室时显得神态自若，他知道这个关键的漏洞保障了他的往事不会消亡。

然而第三日清晨的事实却出现了全新的结局，当陌生人再度来到刑罚专家卧室时，刑罚专家昨日的诺言得到了具体的体现。他死了。他并没有躺在床上死去，而在离床一公尺处自缢身亡。

面对如此情景，陌生人内心出现一片凄凉的荒草。刑罚专家的死，永久地割断了他与那四桩往事联系的可能。他看着刑罚专家，犹如看着自己的往事自缢身亡。这情景使一九六五年三月五日隐约呈现，同时刑罚专家提起绞刑时勃然大怒的情形也栩栩如生地再现了那么一瞬。刑罚专家最终所选择的竟是这个被糟蹋的刑罚。

后来，当陌生人离开卧室时，才发现门后写着这么一句话：

我挽救了这个刑罚。

刑罚专家在写上这句话时，显然是清醒和冷静的，因为在下面他还十分认真地写上了日期：

一九六五年三月五日

一九八九年二月

死亡叙述

本来我也没准备把卡车往另一个方向开去，所以这一切都是命中注定的。那时候我将卡车开到了一个三岔路口，我看到一个路标朝右指着——千亩荡六十公里。我的卡车便朝右转弯，接下去我就闯祸了。这是我第二次闯祸。第一次是在安徽皖南山区，那是十多年前的事了。那个时候我的那辆解放牌，不是后来这辆黄河，在一条狭窄的盘山公路上，把一个孩子撞到了十多丈下面的水库里。我是没有办法才这样做的。那时我的卡车正绕着公路往下滑，在完成了第七个急转弯后，我突然发现前面有个孩子，那孩子离我只有三四米远，他骑着自行车也在往下滑。我已经没有时间刹车了，唯一的办法就是向左或者向右急转弯。可是向左转弯就会撞在山壁上，我的解放牌就会爆炸，就会熊熊燃烧，不用麻烦火化场，我就变成灰了。而向右转弯，我的解放牌就会一头撞入水库，那么笨重的东西掉进水库时的声响一定很吓人，溅起的水波也一定很肥胖，我除了被水憋死没有第二种可能。总而言之我没有其他办法，只好将那孩子撞到水库里去了。我看到那孩子惊慌地转过头来看了我一眼，那双眼睛又黑又亮。直到很久以后我仍然记得清清楚楚。只要一闭上眼睛，那两颗又黑又亮的东西就会立刻跳出来。那孩子只朝我看了一眼，身体立刻横着抛了起来，他身上的衣服也被风吹得膨胀了，那是一件大人穿的工作服。我听到了一声呼喊："爸爸！"就这么一声，然后什么也没有了。那声音又尖又响，在山中响了两声，第二声是撞在山壁上的回声。回声听上去很不实在，像是从很远的云里飘出来似的。我没有停下车，我当初完全吓傻了。直到卡车离开盘山公路，驰到下面平坦宽阔的马路上时，我才还过魂来，心里惊讶自己竟没从山上摔下去。当我人傻的时候，手却没傻，毕竟我开了多年的卡车了。这事没人知道，我也就不说。我估计那孩子是山上林场里一个工人的儿子。不知后来做父亲的把他儿子从水库里捞上来时是不是哭了？也许那人有很多儿子，死掉一个无所谓吧。山里人生孩子都很旺盛。我想那孩子大概是十四五岁的年龄。他父亲把他养得那么大也不容易，毕竟花了不少钱。那孩子死得可惜，况且还损失了一辆自行车。

这事本来我早就忘了，忘得干干净净。可是我儿子长大起来了，长到十五岁时儿子闹着要学骑车，我就教他。小家伙聪明，没半天就会自个儿转圈子了，根本不用我扶着。我看着儿子的高兴劲，心里也高兴。十五年前小家伙刚生下来时的模样，真把我吓了一跳，他根本不像是人，倒像是从百货商店买来的玩具。那时候他躺在摇篮里总是乱蹬腿，一会儿尿来了，一会儿屎又来了，还放着响亮的屁，那屁臭得奇奇怪怪。可是一晃就那么大了，神气活现地骑着自行车。我这辈子算是到此为止，以后就要看儿子了。我儿子还算不错，挺给我争气，学校的老师总夸他。原先开车外出，心里总惦记着老婆，后来有了儿子就不想老婆了，总想儿子。儿子高高兴兴骑着自行车时，不知是什么原因，鬼使神差地让我想起了那个十多年前被撞到水库里去的孩子。儿子骑车时的背影与那孩子几乎一模一样。尤其是那一头黑黑的头发，简直就是一个人。于是那件宽大的工作服也在脑中飘扬地出现了。最糟糕的是那天我儿子骑车撞到一棵树上时，惊慌地喊了一声"爸爸"。这一声叫得我心里哆嗦起来，那孩子横抛起来掉进水库时的情景立刻清晰在目了。奇怪的是儿子近在咫尺的叫声在我听来十分遥远，仿佛是山中的回声。那孩子消失了多年以后的惊慌叫声，现在却通过我儿子的嘴喊了出来。有一瞬间，我恍若觉得当初被我撞到水库里去的就是自己的儿子。我常常会无端地悲伤起来。那事我没告诉任何人，连老婆也不知道。后来我总是恍恍惚惚的。那个孩子时隔多年之后竟以这样的方式出现，叫我难以忍受。但我想也许过几年会好一点，当儿子长到十八岁以后，我也许就不会再从他身上看到那个孩子的影子了。

与第一次闯祸一样，第二次闯祸前我丝毫没有什么预感。我记得那天天气很好，天空蓝得让我不敢看它。我的心情不好也不坏。我把两侧的窗都打开，衬衣也敞开来，风吹得我十分舒服。我那辆黄河牌发出的声音像是牛在叫唤，那声音让我感到很结实。我兜风似的在柏油马路上开着快车，时速是六十公里。我看到那条公路像是印染机上的布匹一样在车轮下转了过去。我老婆是印染厂的，所以我这样想。可我才跑出三十公里，柏油马路就到了尽头。而一条千疮百孔的路开始了。那条路像是被飞机轰炸过似的，我坐在汽车里像是骑在马背上，一颤一颤十分讨厌，冷不防还会猛地弹起来。我胃里的东西便横冲直撞了。然后我就停下了车。这时对面驰来一辆解放牌，到了近旁我问那司机说："这是什么路？"那司机说："你是头一次来吧？"我点点头。他又说："难怪你不知道，这叫汽车跳公路。"我坐在汽车里像只跳蚤似的直蹦跳，脑袋能不发昏吗？后来我迷迷糊糊地感到右侧是大海，海水黄黄的一大片，无边无际地在涨潮，那海潮的声响搅得我胃里直翻腾。我感到自己胃里也有那么黄黄的一片。我将头伸出窗外拼命地呕吐，吐出来的果然也是黄黄的一片。我吐得眼泪汪汪，吐得两腿直哆嗦，吐得两侧腰部抽风似的痛，我想要是再这样吐下去，非把胃吐出来不可，所以我就用手去捂住嘴巴。

那时我已经看到前面不远处有一条宽敞的柏油马路，不久以后我的卡车就会逃脱眼下这条汽车跳公路，就会驰到前面那条平坦的马路上去。我把什么东西都吐光了，这样一来反倒觉得轻松，只是全身有气无力。我靠在座椅上颠上颠下，却不再难受，倒是有些自在起来。我望着前面平坦的柏油马路越来越近，我不由心花怒放。然而要命的是我将卡车开到平坦的马路上后，胃里却又翻腾起来了。我知道那是在空翻腾，我已经没什么可吐了。可是空翻腾更让我痛苦。我嘴巴老张着是因为闭不拢，喉咙里发出一系列古怪的声音，好像那里面有一根一寸来长的鱼刺挡着。我知道自己又在拼命呕吐了，可吐出来的只是声音，还有一股难闻的气体。我又眼泪汪汪了，两腿不再是哆嗦而是乱抖了，两侧腰部的抽风让我似乎听到两个肾脏在呻吟。发苦的口水从嘴角滴了出来，又顺着下巴往下淌，不一会就经过脖子来到了胸膛上，然后继续往下发展，最后停滞在腰部，那个抽风的地方。我觉得那口水冰凉又黏糊，很想用手去擦一下，可那时连这点力气都没有了。

就是在那个时候我看到一个人影在前面闪了一下，我脑袋里"嗡"的一声。虽然我已经晕头转向，已经四肢无力，可我知道发生了什么。我也不知道什么时候力气重又回来了，我踩住了刹车，卡车没有滑动就停了下来。但是那车门让我很久都没法打开，我的手一个劲地哆嗦。我看到有一辆客车从我旁边驰过，很多旅客都在车窗内看着我的汽车。我想他们准是看到了，所以就松了手，呆呆地坐在座椅上，等着客车在不远处停下来，等着他们跑过来。

可是很久后，他们也没有跑过来。那时有几个乡下妇女朝我这里走来，她们也盯着我的卡车看，我想这次肯定被看到了，她们肯定就要发出那种怪模怪样的叫声，可是她们竟然没事一样走了过去。于是我疑惑起来，我怀疑自己刚才是不是眼花了。接着我很顺当地将车门打开，跑到车前看了看，什么也没有，又绕着车子走了两圈，仍然什么也没看到。这下我才放心，肯定自己刚才是眼花了。我不禁长长地松了口气，这样一来我又变得有气无力了。

如果后来我没看到车轮上有血迹，而是钻进驾驶室继续开车的话，也许就没事了。可是我看到了。不仅看到，而且还用手去沾了一下车轮上的血迹，血迹是湿的。我就知道自己刚才没有眼花。于是我就趴到地上朝车底下张望，看到里面蜷曲地躺着一个女孩子。然后我重又站起来，茫然地望着四周，等着有人走过来发现这一切。那是夏天里的一个中午，太阳很懒地晒下来，四周仿佛都在冒烟。我看到公路左侧有一条小河，河水似乎没有流动，河面看去像是长满了青苔。一座水泥桥就在近旁，桥只有一侧有栏杆。一条两旁长满青草的泥路向前延伸，泥路把我的目光带到了远处，那地方有几幢错落的房屋，似乎还有几个人影。我这样等了很久，一个人都没有出现。我又盯着车轮上的血迹看，看了很久才发现血迹其实不多，只有几滴。于是我就去抓了一把土，开始慢吞吞地擦那几滴血迹，擦到一半时我还停下来点燃了一根烟，然后再擦。等到将血擦净后我才如梦初醒。我想快点逃吧，还磨蹭什么。我立刻上了车。然而当我关上车门，将汽车发动起来后，我蓦然看到前面有个十四五岁的男孩，穿着宽大的工作服骑着自行车。那个十多年前被我撞到水库里去的孩子，偏偏在那个时候又出现了。这一切都是命中注定的。尽管眼前的情景只是闪一下就匆忙地消失了，可我没法开着汽车跑了。我下了车，从车底下把那个女孩拖了出来。那女孩的额头破烂不堪，好在血还在从里面流出来，呼吸虽然十分虚弱，但总算仍在继续着。她还睁着眼睛，那双眼睛又黑又亮，仿佛是十多年前的那双眼睛。我把她抱在怀中，然后朝那座只有一侧栏杆的水泥桥上走去，接着我走到了那条泥路上。我感到她软软的身体非常烫，她长长的黑发披落下来，像是柳枝一样搁在我的手臂上。那时我心里无限悲伤，仿佛撞倒的是自己的孩子。我抱着她时，她把头偎在我胸前，那模样真像是我自己的孩子。我就这样抱着她走了很久，刚才站在公路上看到的几幢房屋现在大了很多了，但是刚才看到的人影现在却没有出现。我心里突然涌上来一股激动，我依稀感到自己正在做一件了不起的事。我仿佛回到了十多年前那次车祸上，仿佛那时我没有开车逃跑，而是跳入水库把那男孩救了上来。我手中抱着的似乎就是那个穿着宽大工作服的男孩。那黑黑的长发披落在手臂上，让我觉得十多年过去后男孩的头发竟这么长了。

我走到了那几幢房屋的近旁，于是我才发现里面还有很多房屋。一棵很大的树木挡住了我的去路，树阴里坐着一个上身赤裸的老太太，两只干瘪的乳房一直垂落到腰间，她正看着我。我就走过去，问她医院在什么地方。她朝我手中的女孩望了一眼后，立刻怪叫了一声：

"作孽啊！"

她那么一叫，才让我清醒过来。我才意识到刚才不逃跑是一个很大的错误，但已经来不及了。我低头看了看怀中的女孩，她那破烂的额头不再流血了，那长长的黑发也不再飘动，黑发被血凝住了。我感到她的身体正在迅速地凉下去，其实那是我的心在迅速地凉下去。我再次问老太太，医院在什么地方？而她又是一声怪叫。我想她是被这惨情吓傻了，我知道再问也不会有回答。我就绕过眼前这棵大树朝里面走去。可老太太却跟了上来，一声一声地喊着："作孽啊！"不一会她就赶到了我的前面，她在前面不停地叫喊着，那声音像是打破玻璃一样刺耳。我看到有几头小猪在前面蹿了过去。这时又有几个老太太突然出现了，她们来到我跟前一看也都怪叫了起来："作孽啊！"于是我就跟在这些不停叫唤着的老太太后面走着。那时我心里一片混乱，我都不知道自己这么走着是什么意思。没多久，我前后左右已经拥着很多人了，我耳边尽是乱糟糟的一片人声，我什么也听不进去，我只是看到这些人里男女老少都有。那时候我似乎明白了自己是在乡村里，我怎么会到乡村里来找医院？我觉得有些滑稽。然后我前面的路被很多人挡住了，于是我就转过身准备往回走，可退路也被挡住了。接着我发现自己是站在一户人家的晒谷场前，眼前那幢房屋是二层的楼房，看上去像是新盖的。那时从那幢房屋里蹿出一条大汉，他一把夺过我手中的女孩，他后面跟着一个女人和一个十来岁的男孩。接着他们一转身又蹿进了那幢房屋。他们的动作之迅速，使我眼花缭乱。手中的女孩被夺走后，我感到轻松了很多，我觉得自己该回到公路上去了。可是当我转过身准备走的时候，有一个人朝我脸上打了一拳，这一拳让我感到像是打在一只沙袋上，发出的声音很沉闷。于是我又重新转回身去，重新看着那幢房屋。那个十来岁的男孩从里面蹿出来，他手里高举着一把亮闪闪的镰刀。他扑过来时镰刀也挥了下来，镰刀砍进了我的腹部。那过程十分简单，镰刀像是砍穿一张纸一样砍穿了我的皮肤，然后就砍断了我的盲肠。接着镰刀拔了出去，镰刀拔出去时不仅划断了我的直肠，而且还在我腹部划了一道长长的口子，于是里面的肠子一拥而出。当我还来不及用手去捂住肠子时，那个女人挥着一把锄头朝我脑袋劈了下来，我赶紧歪一下脑袋，锄头劈在了肩胛上，像是砍柴一样地将我的肩胛骨砍成了两半。我听到肩胛骨断裂时发出的"吱呀"一声，像是打开一扇门的声音。大汉是第三个蹿过来的，他手里挥着的是一把铁镐。那女人的锄头还没有拔出时，铁镐的四个齿已经砍入了我的胸膛。中间的两个铁齿分别砍断了肺动脉和主动脉，动脉里的血"哗"地一下涌了出来，像是倒出去一盆洗脚水似的。而两旁的铁齿则插入了左右两叶肺中。左侧的铁齿穿过肺后又插入了心脏。随后那大汉一用手劲，铁镐被拔了出去，铁镐拔出后我的两个肺也随之荡到胸膛外面去了。然后我才倒在了地上，我仰脸躺在那里，我的鲜血往四周爬去。我的鲜血很像一棵百年老树隆出地面的根须。我死了。

一九八六年十一月

爱情故事

一九七七年的秋天和两个少年有关。在那个天空明亮的日子里，他们乘坐一辆嘎吱作响的公共汽车，去四十里以外的某个地方。车票是男孩买的，女孩一直躲在车站外的一根水泥电线杆后。在她的四周飘扬着落叶和尘土，水泥电线杆发出的嗡嗡声覆盖着周围错综复杂的声响，女孩此刻的心情像一页课文一样单调，她偷偷望着车站敞开的小门，她的目光平静如水。

　　然后男孩从车站走了出来，他的脸色苍白而又憔悴。他知道女孩躲在何处，但他没有看她。他往那座桥的方向走了过去，他在走过去时十分紧张地左顾右盼。不久之后他走到了桥上，他心神不安地站住了脚，然后才朝那边的女孩望了一眼。他看到女孩此刻正看着自己，他便狠狠地盯了她一眼，可她依旧看着他。他非常生气地转过脸去。在此后的一段时间里，他一直站在桥上，他一直没有看她。但他总觉得她始终都在看着自己，这个想法使他惊慌失措。后来他确定四周没有熟人，才朝她走去。

他走过去时的胆战心惊，她丝毫不觉。她看到这个白皙的少年在阳光里走来时十分动人。她内心微微有些激动，因此她脸上露出了笑容。然而他走到她身旁后却对她的笑容表示了愤怒，他低声说：

"这种时候你还能笑？"

她的美丽微笑还未成长便被他摧残了。她有些紧张地望着他，因为他的神色有些凶狠。这种凶狠此刻还在继续下去，他说：

"我说过多少次，你不要看我，你要装着不认识我。你为什么看我？真讨厌。"

她没有丝毫反抗的表示，只是将目光从他脸上无声地移开。她看着地上一片枯黄的树叶，听着他从牙缝里出来的声音。他告诉她：

"上车以后你先找到座位坐下，如果没有熟人，我就坐到你身旁。如果有熟人，我就站在车门旁。记住，我们互相不要说话。"

他将车票递了过去，她拿住后他就走开了。他没有走向候车室，而是走向那座桥。

这个女孩在十多年之后接近三十岁的时候，就坐在我的对面。我们一起坐在一间黄昏的屋子里，那是我们的寓所。我们的窗帘垂挂在两端，落日的余晖在窗台上飘拂。她坐在窗前的一把椅子里，正在织一条天蓝色的围巾。此刻围巾的长度已经超过了她的身高，可她还在往下织。坐在她对面的我，曾在一九七七年的秋天与她一起去那个四十里以外的地方。我们在五岁的时候就相互认识，这种认识经过长途跋涉以后，导致了婚姻的出现。我们的第一次性生活是在我们十六岁行将结束时完成的。她第一次怀孕也是在那时候。她此刻坐在窗前的姿势已经重复了五年，因此我看着她的目光怎么还会有激情？多年来，她总是在我眼前晃来晃去，这种晃来晃去使我沮丧无比。我的最大错误就是在结婚的前一夜，没有及时意识到她一生都将在我眼前晃来晃去。所以我的生活才变得越来越陈旧。现在她在织着围巾的时候，我手里正拿着作家洪峰的一封信。洪峰的美妙经历感动了我，我觉得自己没有理由将这种旧报纸似的生活继续下去。

因此我像她重复的坐姿一样重复着现在的话，我不断向她指明的，是青梅竹马的可怕。我一次又一次地问她：

"难道你不觉得我太熟悉了吗？"

但她始终以一种迷茫的神色望着我。

我继续说："我们从五岁的时候就认识了，二十多年后我们居然还在一起。我们谁还能指望对方来改变自己呢？"

她总是在这个时候表现出一些慌乱。

"你对我来说，早已如一张贴在墙上的白纸一样一览无余。而我对于你，不也同样如此？"

我看到她眼泪流下来时显得有些愚蠢。

我仍然往下说："我们唯一可做的事只剩下回忆过去。可是过多的回忆，使我们的过去像每日的早餐那样，总在预料之中。"

我们的第一次性生活是我们十六岁行将结束时完成的。在那个没有月光的夜晚，我们在学校操场中央的草地上，我们颤抖不已地拥抱在一起，是因为我们胆战心惊。不远的那条小路上，有拿着手电走过的人，他们的说话声在夜空里像匕首一样锋利，好几次都差点使我仓皇而逃。只是因为我被她紧紧抱住，才使我现在回忆当初的情景时，没有明显地看到自己的狼狈。

我一想到那个夜晚就会感受到草地上露珠的潮湿，当我的手侵入她的衣服时，她热烈的体温使我不停地打寒战。我的手在她的腹部往下进入，我开始感受到如草地一样的潮湿了。起先我什么都不想干，我觉得抚摸一下就足够了。可是后来我非常想看一眼，我很想知道那地方是怎么回事。但是在那个没有月光的夜晚，我凑过去闻到的只是一股平淡的气味。在那个黑乎乎潮湿的地方所散发的气味，是我以前从未闻到过的气味。然而这种气味并未像我以前想象的那么激动人心。尽管如此，在不久之后我还是干了那桩事。欲望的一往无前差点毁了我，在此后很多的日子里，我设计了多种自杀与逃亡的方案。在她越来越像孕妇的时候，我接近崩溃的绝望使我对当初只有几分钟天旋地转般的快乐痛恨无比。在一九七七年秋天的那一日，我与她一起前往四十里以外的那个地方，我希望那家坐落在马路旁的医院能够证实一切都是一场虚惊。

她面临困难所表现出来的紧张，并未像我那样来势凶猛。

当我提出应该去医院检查一下时，她马上想起那个四十里以外的地方。她当时表现的冷静与理智使我暗暗有些吃惊。她提出的这个地方向我暗示了一种起码的安全，这样将会没人知道我们所进行的这次神秘的检查。可是她随后颇有激情地提起五年前她曾去过那个地方，她对那个地方街道的描述，以及泊在海边退役的海轮的抒情，使我十分生气。我告诉她我们准备前往并不是为了游玩，而是一次要命的检查。这次检查关系到我们是否还能活下去。我告诉她这次检查的结果若证实她确已怀孕，那么我们将被学校开除，将被各自的父母驱出家门。有关我们的传闻将像街上的灰尘一样经久不息。我们最后只能：

"自杀。"

她只有在这个时候才显得惊慌失措。几年以后她告诉我，我当时的脸色十分恐怖。我当时对我们的结局的设计，显然使她大吃一惊。可是她即使在惊慌失措的时候也从不真正绝望。她认为起码是她的父母不会把她驱出家庭，但她承认她的父母会惩罚她。她安慰我：

"惩罚比自杀好。"

那天我是最后一个上车的，我从后面看着她上车，她不停地向我回身张望。我让她不要看我，反复提醒在她那里始终是一页白纸。我上车的时候汽车已经发动起来。我没有立刻走向我的座位，而是站在门旁，我的目光在车内所有的脸上转来转去，我看到起码有二十张曾经见过的脸。因此我无法走向自己的座位，我只能站在这辆已经行驶的汽车里。我看着那条破烂不堪的公路怎样捉弄着我们的汽车。我感到自己像是被装在瓶子里，然后被人不停地摇晃。后来我听到她在叫我的声音，她的声音使我蓦然产生无比的恐惧。我因为她的不懂事而极为愤怒，我没有答理。我希望她因此终止那种叫声，可是她那种令人讨厌的叫声却不停地重复着。我只能转过头去，我知道自己此刻的脸色像路旁的杂草一样青得可怕。

然而她脸上却洋溢着天真烂漫的笑容，她佯装吃惊的样子表示了她与我是意外相遇。然后她邀请我坐在她身旁的空座位上。我只能走过去。我在她身旁坐下以后感到她的身体有意紧挨着我。她说了很多话，可我一句都没有听进去，我为了掩饰只能不停地点头。这一切使我心烦意乱。那时候她偷偷捏住了我的手指，我立刻甩开她的手。在这种时候她居然还会这样，真要把我气疯过去。此刻她才重视我的愤怒，她不再说话，自然也不会伸过手来。她似乎十分委屈地转过脸去，望着车外萧瑟的景色。然而她的安静并未保持多久，在汽车一次剧烈的震颤后，她突然哧哧笑了起来。接着凑近我偷偷说：

"腹内的小孩震出来了。"

她的玩笑只能加剧我的气愤，因此我凑近她咬牙切齿地低声说：

"闭上你的嘴。"

后来我看到了几艘泊在海边的轮船，有两艘已被拆得惨不忍睹，只有一艘暂且完整无损。有几只灰色的鸟在海边水草上盘旋。

汽车在驶入车站大约几分钟以后，两个少年从车站出口处走了出来。那时候一辆卡车从他们身旁驶过，扬起的灰尘将他们的身体涂改了一下。

男孩此刻铁青着脸，他一声不吭地往前走。女孩似乎有些害怕地跟在他身后，她不时偷偷看他侧面的脸色。男孩在走到一条胡同口时，没有走向医院的方向，而是走入了胡同。女孩也走了进去。男孩一直走到胡同的中央才站住脚，女孩也站住了脚。他们共同看着一个中年的女人走来，又看着她走出胡同。然后男孩低声吼了起来：

"你为什么叫我？"

女孩委屈地看着他，然后才说：

"我怕你站着太累。"

男孩继续吼道：

"我说过多少次了，你别看我。可你总看我，而且还叫我的名字，用手捏我。"

这时有两个男人从胡同口走来，男孩不再说话，女孩也没有辩解。那两个男人从他们身边走过时，兴趣十足地看了他们一眼。两个男人走过去以后，男孩就往胡同口走去了，女孩迟疑了一下也跟了上去。

他们默不作声地走在通往医院的大街上。男孩此刻不再怒气冲冲，在医院越来越接近的时候，他显得越来越忧心忡忡。他转过脸去看着身旁的女孩，女孩的双眼正望着前方。从她有些迷茫的眼神里，他感到医院就在前面。

然后他们来到了医院的门诊部，挂号处空空荡荡。男孩此刻突然胆怯起来，他不由走出门厅，站在外面。他这时突然害怕地感到自己会被人抓住，他没有丝毫勇气进入眼下的冒险。当女孩也走出门厅时，他找到了掩盖自己胆怯的理由，他要让女孩独自去冒险，而自己则随时准备逃之夭夭。他告诉她：他继续陪着她实在太危险，别人一眼就会看出这两个少年干了什么坏事。他让她：

　　"你一个人去吧。"

　　她没有表示异议，点了点头后就走了进去。他看着她走到挂号处的窗前，她从口袋里掏出钱来时没有显出一丝紧张。他听到她告诉里面的人她叫什么名字，她二十岁。名字是假的，年龄也是假的。这些他事先并未设计好。然后他听到她说：

　　"妇科。"

　　这两个字使他不寒而栗，他感到她的声音有些疲倦。接着她离开窗口转身看了他一眼，随后走上楼梯。她手里拿着的病历在上楼时摇摇晃晃。

　　男孩一直看着她的身影在楼梯上消失，然后才将目光移开。他感到心情越来越沉重，呼吸也困难起来。他望着大街上的目光在此刻杂乱无章。他在那里站了好长一段时间，那个楼梯总有人下来，可是她一直没有下来。他不由害怕起来，他感到自己所干的事已在这个楼上被揭发。这个想法变得越来越真实，因此他也越发紧张。他决定逃离这个地方，于是便往大街对面走去，他在横穿大街时显得失魂落魄。他来到街对面后，没有停留，而是立刻钻入一家商店。

那是一家杂货店，一个丑陋不堪的年轻女子站在柜台内一副无所事事的模样。另一边有两个男人在拉玻璃，他便走到近旁看着他们，同时不时地往街对面的医院望上一眼。那是一块青色的玻璃，两个男人都在抽烟，因此玻璃上有几堆小小的烟灰。两个男人那种没有心事的无聊模样，使他更为沉重。他看着钻石在玻璃上划过时出现一道白痕，那声音仿佛破裂似的来回响着。

不久后女孩出现在街对面，她站在一棵梧桐树旁有些不知所措地在寻找男孩。男孩透过商店布满灰尘的窗玻璃看到了她。他看到女孩身后并未站着可疑的人，于是立刻走出商店。他在穿越街道时，她便看到了他。待他走到近旁，她向他苦笑一下，低声说：

"有了。"

男孩像一棵树一样半晌没有动弹，仅有的一丝希望在此刻彻底破灭了。他望着眼前愁眉不展的女孩说：

"怎么办呢？"

女孩轻声说："我不知道。"

男孩继续说："怎么办呢？"

女孩安慰他："别去想这些了，我们去那些商店看看吧。"

男孩摇摇头，说："我不想去。"

女孩不再说话，她看着大街上来往的车辆，几个行人过来时发出嘻嘻笑声。他们过去以后，女孩再次说：

"去商店看看吧。"

男孩还是说："我不想去。"

他们一直站在那里，很久以后男孩才有气无力地说："我们回去吧。"

女孩点点头。

然后他们往回走去。走不多远，在一家商店前，女孩站住了脚，她拉住男孩的衣袖，说道：

"我们进去看看吧。"

男孩迟疑了一会儿就和她一起走入商店。他们在一条白色的学生裙前站了很久，女孩一直看着这条裙子，她告诉男孩：

"我很喜欢这条裙子。"

女孩的嗓音在十六岁时已经固定下来。在此后的十多年里，她的声音几乎每日都要在我的耳边盘旋。这种过于熟悉的声音，已将我的激情清扫。因此在此刻的黄昏里，我看着坐在对面的妻子，只会感到越来越疲倦。她还在织着那条天蓝色的围巾。她的脸依然还是过去的脸。只是此刻的脸已失去昔日的弹性。她脸上的皱纹是在我的目光下成长起来的，我熟悉它们犹如熟悉自己的手掌。现在她开始注意我的话了。

"在你还没有说话的时候，我就知道你要说什么；在每天中午十一点半和傍晚五点的时候，我知道你要回家了。我可以在一百个女人的脚步声里，听出你的声音。而我对你来说，不也同样如此？"

她停止了织毛衣的动作，她开始认真地望着我。

我继续说："因此我们互相都不可能使对方感到惊喜。我们最多只能给对方一点高兴，而这种高兴在大街上到处都有。"

这时她开口说话了，她说：

"我明白你的意思了。"

"是吗？"我不知道该如何对付她这句话，所以我只能这么说。

她又说："我明白你的意思了。"

我看到她的眼泪流了出来。

她说："你是想把我一脚踢开。"

我没有否认，而是说："这话多难听。"

她又重复道："你想把我一脚踢开。"她的眼泪在继续流。

"这话太难听了。"我说。然后我建议道：

"让我们共同来回忆一下往事吧。"

"是最后一次吗？"她问。

我回避她的问话，继续说："我们的回忆从什么时候开始呢？"

"是最后一次吧？"她仍然这样问。

"从一九七七年的秋天开始吧，"我说，"我们坐上那辆嘎吱作响的汽车，去四十里以外的那个地方，去检查你是否已经怀孕，那个时候我可真是失魂落魄。"

"你没有失魂落魄。"她说。

"你不用安慰我，我确实失魂落魄了。"

"不，你没有失魂落魄，"她再次这样说，"我从认识你到现在，你只有一次失魂落魄。"

我问："什么时候？"

"现在。"她回答。

一九八九年三月二十三日

命中注定

现　在

　　这一天阳光明媚，风在窗外咝咝响着，春天已经来到了。刘冬生坐在一座高层建筑的第十八层的窗前，他楼下的幼儿园里响着孩子们盲目的歌唱，这群一无所知的孩子以兴致勃勃的歌声骚扰着他，他看到护城河两岸的树木散发着绿色，很多出租车夹杂着几辆卡车正在驶去。更远处游乐园的大观览车缓慢地移动着，如果不是凝神远眺，是看不出它在移动的。

　　就在这样的时刻，一封用黑体字打印的信来到了他手中，这封信使他大吃一惊。不用打开，信封上的文字已经明确无误地告诉他，他的一个一起长大的伙伴死了。信封的落款处印着：陈雷治丧委员会。

他昔日伙伴中最有钱的人死于一起谋杀，另外的伙伴为这位腰缠万贯的土财主成立了一个治丧委员会，以此来显示死者生前的身份。他们将令人不安的讣告贴在小镇各处，据说有三四百份，犹如一场突然降临的大雪，覆盖了那座从没有过勃勃生机的小镇。让小镇上那些没有激情、很少有过害怕的人，突然面对如此众多的讣告，实在有些残忍。他们居住的胡同，他们的屋前，甚至他们的窗户和门上，贴上了噩耗。讣告不再是单纯的发布死讯，似乎成为邀请——你们到我这里来吧。

小镇上人们内心的愤怒和惊恐自然溢于言表，于是一夜之间这些召唤亡灵的讣告荡然无存了。可是他们遭受的折磨并未结束，葬礼那天，一辆用高音喇叭播送哀乐的卡车在镇上缓慢爬行，由于过于响亮，哀乐像是进行曲似的向火化场前进。

刘冬生在此后的半个月里，接连接到过去那些伙伴的来信，那些千里之外的来信所说的都是陈雷之死，和他死后的侦破。

陈雷是那个小镇上最富有的人，他拥有两家工厂和一家在镇上装修得最豪华的饭店。他后来买下了汪家旧宅，那座一直被视为最有气派的房屋。五年前，刘冬生回到小镇过春节时，汪家旧宅正在翻修。刘冬生在路上遇到一位穿警服的幼时伙伴，问他在哪里可以找到陈雷，那个伙伴说："你去汪家旧宅。"

刘冬生穿越了整个小镇，当他应该经过一片竹林时，竹林已经消失了，替代竹林的是五幢半新不旧的住宅楼。他独自一人来到汪家旧宅，看到十多个建筑工人在翻修它，旧宅的四周搭起了脚手架。他走进院门，上面正扔下来瓦片，有个人在上面喊："你想找死。"

喊声制止了刘冬生的脚步。刘冬生站了一会儿，扔下的瓦片破碎后溅到了他的脚旁，他从院门退了出来，在一排堆得十分整齐的砖瓦旁坐下。他在那里坐了很久以后，才看到陈雷骑着一辆摩托车来到。

身穿皮夹克的陈雷停稳摩托车，掏出香烟点燃后似乎看了刘冬生一眼，接着朝院门走去，走了几步又回过头来看刘冬生。这次他认出来了，他咧嘴笑了，刘冬生也笑了。陈雷走到刘冬生身旁，刘冬生站起来，陈雷伸手搂住他的肩膀说："走，喝酒去。"

现在，陈雷已经死去了。

从伙伴的来信上，刘冬生知道那天晚上陈雷是一人住在汪家旧宅的，他的妻子带着儿子回到三十里外的娘家去了。陈雷是睡着时被人用铁榔头砸死的，从脑袋开始一直到胸口，到处都是窟窿。

陈雷的妻子是两天后的下午回到汪家旧宅的，她先给陈雷的公司打电话，总经理的助手告诉她，他也在找陈雷。

他妻子知道他已有两天不知去向后吃了一惊。女人最先的反应便是走到卧室，在那里她看到了陈雷被榔头砸过后惨不忍睹的模样，使她的尿一下子冲破裤裆直接到了地毯上，随后昏倒在地，连一声喊叫都来不及发出。

陈雷生前最喜欢收集打火机。警察赶到现场后，发现什么都没有少，只有他生前收集到的五百多种打火机，从最廉价的到最昂贵的全部被凶手席卷走了。

现在，远在千里之外的刘冬生，翻阅着那些伙伴的来信，侦破直到这时尚无结果，那些信都是对陈雷死因的推测，以及对嫌疑犯的描述。从他们不指名道姓的众多嫌疑者的描述中，刘冬生可以猜测到其中两三个人是谁，但是他对此没有兴趣。他对这位最亲密伙伴的死，有着自己的想法。他回忆起了三十年前。

三十年前

石板铺成的街道在雨后的阳光里湿漉漉的，就像那些晾在竹竿上的塑料布。街道上行走的脚和塑料布上的苍蝇一样多。两旁楼上的屋檐伸出来，几乎连接到一起。在那些敞开的窗户下，晾满了床单和衣服。几根电线从那里经过，有几只麻雀叽叽喳喳地来到，栖落在电线上，电线开始轻微地上下摆动。

一个名叫刘冬生的孩子扑在一个窗户上，下巴搁在石灰的窗台上往下面望着，他终于看到那个叫陈雷的孩子走过来了。陈雷在众多大人的腿间无精打采地走来，他东张西望，在一家杂货店前站一会儿，手在口袋里摸索了半晌，拿出什么吃的放入嘴中，然后走了几步站在了一家铁匠铺子前，里面一个大人在打铁的声响里喊道：

"走开，走开。"

他的脑袋无可奈何地转了过来，又慢吞吞地走来了。

刘冬生每天早晨，当父母咔嚓一声在门外上了锁之后，便扑到了窗台上，那时候他便会看到住在对面楼下的陈雷跟着父母走了出来。陈雷仰着脑袋看他父母锁上门。他父母上班走去时总是对他喊：

"别到河边去玩。"

陈雷看着他们没有做声，他们又喊：

"听到了吗？陈雷。"

陈雷说："听到了。"

那时候刘冬生的父母已经走下楼梯，走到了街上。他父母回头看到了刘冬生，就训斥道："别扑在窗前。"

刘冬生赶紧缩回脑袋，他的父母又喊：

"刘冬生，别在家里玩火。"

刘冬生嗯地答应了一声。过了一会儿，刘冬生断定去上班的父母已经走远，他重新扑到窗前，那时候陈雷也走远了。

此刻陈雷站在了街道中央的一块石板上，他的身体往一侧猛地使劲，一股泥浆从石板下冲出，溅到一个大人的裤管上，那个大人一把捏住陈雷的胳膊：

"你他娘的。"

陈雷吓得用手捂住了脸，眼睛也紧紧闭上，那个脸上长满胡子的男人松开了手，威胁道："小心我宰了你。"

说完他扬长而去，陈雷却是惊魂未定，他放下了手，仰脸看着身旁走动的大人，直到他发现谁也没在意他刚才的举动，才慢慢地走开，那弱小的身体在强壮的大人中间走到了自己屋前。他贴着屋门坐到了地上，抬起两条胳膊揉了揉眼睛，然后仰起脸打了个呵欠，打完呵欠他看到对面楼上的窗口，有个孩子正看着他。

刘冬生终于看到陈雷在看他了，他笑着叫道：

"陈雷。"

陈雷响亮地问："你怎么知道我的名字？"

刘冬生嘻嘻笑着说："我知道。"

两个孩子都笑了，他们互相看了一阵后，刘冬生问：

"你爹妈为什么每天都把你锁在屋外？"

陈雷说："他们怕我玩火把房子烧了。"

说完陈雷问："你爹妈为什么把你锁在屋里？"

刘冬生说："他们怕我到河边玩会淹死。"

两个孩子看着对方，都显得兴致勃勃。陈雷问："你多大了？"

"我六岁了。"刘冬生回答。

"我也六岁，"陈雷说，"我还以为你比我大呢。"

刘冬生咯咯笑道："我踩着凳子呢。"

街道向前延伸，在拐角处突然人群拥成一团，几个人在两个孩子眼前狂奔过去，刘冬生问："那边出了什么事？"

陈雷站起来说："我去看看。"

刘冬生把脖子挂在窗外，看着陈雷往那边跑去。那群叫叫嚷嚷的人拐上了另一条街，刘冬生看不到他们了，只看到一些人跑去，也有几个人从那边跑出来。陈雷跑到了那里，一拐弯也看不到了。

过了一会，陈雷呼哧呼哧地跑了回来，他仰着脑袋喘着气说：

"他们在打架，有一个人脸上流血了，好几个人都撕破了衣服，还有一个女的。"

刘冬生十分害怕地问："打死人了吗？"

"我不知道。"陈雷摇摇头说。

两个孩子不再说话，他们都被那场突然来到的暴力笼罩着。很久以后，刘冬生才说话："你真好！"

陈雷说："好什么？"

"你想去哪里都能去，我去不了。"

"我也不好，"陈雷对他说，"我困了想睡觉都进不了屋。"

刘冬生更为伤心了，他说："我以后可能看不见你了，我爹说要把这窗户钉死，他不准我扑在窗口，说我会掉下来摔死的。"

陈雷低下了脑袋，用脚在地上划来划去，划了一会儿他抬起头来问："我站在这里说话你听得到吗？"

刘冬生点点头。

陈雷说："我以后每天都到这里来和你说话。"

刘冬生笑了，他说："你说话要算数。"

　　陈雷说："我要是不到这里来和你说话，我就被小狗吃掉。"
陈雷接着问："你在上面能看到屋顶吗？"

　　刘冬生点点头说："看得到。"

　　"我从没见过屋顶。"陈雷悲哀地说。

　　刘冬生说："它最高的地方像一条线，往这边斜下来。"

　　两个孩子的友谊就是这样开始的，他们每天都告诉对方看不到的东西，刘冬生说的都是来自天空的事，地上发生的事由陈雷来说。他们这样的友谊经历了整整一年。后来有一天，刘冬生的父亲将钥匙忘在了屋中，刘冬生把钥匙扔给了陈雷，陈雷跑上楼来替他打开了门。

　　就是那一天，陈雷带着刘冬生穿越了整个小镇，又走过了一片竹林，来到汪家旧宅。

　　汪家旧宅是镇上最气派的一所房屋，在过去的一年里，陈雷向刘冬生描绘得最多的，就是汪家旧宅。

　　两个孩子站在这所被封起来的房子围墙外，看着麻雀一群群如同风一样在高低不同的屋顶上盘旋。石灰的墙壁在那时还完好无损，在阳光里闪闪发亮。屋檐上伸出的瓦都是圆的，里面像是有各种图案。

　　陈雷对看得发呆的刘冬生说：

　　"屋檐里有很多燕子窝。"

　　说着陈雷捡起几块石子向屋檐扔去，扔了几次终于打中了，里面果然飞出了小燕子，叽叽喳喳惊慌地在附近飞来飞去。

刘冬生也捡了石子朝屋檐扔去。

那个下午，他们绕着汪家旧宅扔石子，把所有的小燕子都赶了出来。燕子不安的鸣叫持续了一个下午。到夕阳西下的时候，两个精疲力竭的孩子坐在一个土坡上，在附近农民收工的吆喝声里，看着那些小燕子飞回自己的窝。一些迷途的小燕子找错了窝连续被驱赶出来，在空中悲哀地鸣叫，直到几只大燕子飞来把它们带走。

陈雷说："那是它们的爹妈。"

天色逐渐黑下来的时候，两个孩子还没记起来应该回家，他们依旧坐在土坡上，讨论着是否进这座宽大的宅院去看看。

"里面会有人吗？"刘冬生问。

陈雷摇摇脑袋说："不会有人，你放心吧，不会有人赶我们出来的。"

"天都要黑了。"

陈雷看看正在黑下来的天色，准备进去的决心立刻消亡了。他的手在口袋里摸索了一阵，拿出什么放入嘴中吃起来。

刘冬生吞着口水问他："你吃什么？"

陈雷说："盐。"

说着，陈雷的手在口袋的角落摸了一阵，摸出一小粒盐放到刘冬生嘴中。

这时，他们似乎听到一个孩子的喊叫："救命。"

他们吓得一下子站起来，互相看了半晌，刘冬生哑哑地说："刚才是你喊了吗？"

陈雷摇摇头说："我没喊。"

话音刚落，那个和陈雷完全一样的嗓音在那座昏暗的宅院里又喊道："救命。"

刘冬生脸白了，他说："是你的声音。"

陈雷睁大眼睛看着刘冬生，半晌才说："不是我，我没喊。"

当第三声"救命"的呼叫出来时，两个孩子已在那条正弥漫着黑暗的路上逃跑了。

一九九二年七月

两个人的历史

一

    一九三〇年八月,一个名叫谭博的男孩和一个名叫兰花的女孩,共同坐在阳光无法照耀的台阶上。他们的身后是一扇朱红的大门,门上的铜锁模拟了狮子的形状。作为少爷的谭博和作为女佣女儿的兰花,时常这样坐在一起。他们的身后总是飘扬着太太的嘟哝声,女佣在这重复的声响里来回走动。

    两个孩子坐在一起悄悄谈论着他们的梦。

    谭博时常在梦中为尿所折磨。他在梦中为他布置的场景里四处寻找便桶。他在自己朝南的厢房里焦急不安。现实里安放在床前的便桶在梦里不翼而飞。无休止的寻找使梦中的谭博痛苦不堪。然后他来到了大街上,在人力车来回跑动的大街上,乞丐们在他身旁走过。终于无法忍受的谭博，将尿撒向了大街。

此后的情景是梦的消失。即将进入黎明的天空在窗户上一片灰暗。梦中的大街事实上由木床扮演。谭博醒来时感受到了身下的被褥有一片散发着热气的潮湿。这一切终结之后，场景迅速地完成了一次更换。那时候男孩睁着迷茫的双眼，十分艰难地重温了一次刚才梦中的情景，最后他的意识进入了清晰。于是尿床的事实使他羞愧不已。在窗户的白色开始明显起来时，他重又闭上了双眼，随即沉沉睡去。

"你呢？"

男孩的询问充满热情，显然他希望女孩也拥有同样的梦中经历。

然而女孩面对这样的询问却表现了极大的害臊，双手捂住眼睛是一般女孩惯用的技法。

"你是不是也这样？"

男孩继续问。

他们的眼前是一条幽深的胡同，两旁的高墙由青砖砌成。并不久远的岁月已使砖缝里生长出羞羞答答的青草，风使它们悄然摆动。

"你说。"

男孩开始咄咄逼人。

女孩满脸羞红，她垂头叙述了与他近似的梦中情景。她在梦中同样为尿所折磨，同样四处寻找便桶。

"你也将尿撒在街上？"

男孩十分兴奋。

然而女孩摇摇头，她告诉他她最后总会找到便桶。

这个不同之处使男孩羞愧不已。他抬起头望着高墙上的天空，他看到了飘浮的云彩，阳光在墙的最上方显得一片灿烂。

他想：她为什么总能找到便桶，而他却永远也无法找到。

这个想法使他内心燃起了嫉妒之火。

后来他又问：

"醒来时是不是被褥湿了？"

女孩点点头。

结局还是一样。

二

一九三九年十一月，十七岁的谭博已经不再和十六岁的兰花坐在门前的石阶上。那时候谭博穿着黑色的学生装，手里拿着鲁迅的小说和胡适的诗。他在院里进出时，总是精神抖擞。而兰花则继承了母业，她穿着碎花裙子在太太的唠叨声里来回走动。

偶尔的交谈还是应该有的。

谭博十七岁的身躯里青春激荡，他有时会突然拦住兰花，眉飞色舞地向她宣讲一些进步的道理。那时候兰花总是低头不语，毕竟已不是两小无猜的时候。或者兰花开始重视起谭博的少爷地位。然而沉浸在平等互爱精神里的谭博，很难意识到这种距离正在悄悄成立。

在这年十一月的最后一天里，兰花与往常一样用抹布擦洗着那些朱红色的家具。谭博坐在窗前阅读泰戈尔有关飞鸟的诗句。兰花擦着家具时尽力消灭声响，她偶尔朝谭博望去的眼神有些抖动。她希望现存的宁静不会遭受破坏。然而阅读总会带来疲倦。当谭博合上书，他必然要说话了。

在他十七岁的日子里，他几乎常常梦见自己坐上了一艘海轮，在浪涛里颠簸不止。一种渴望出门的欲望在他清醒的时候也异常强烈。

现在他开始向她叙述自己近来时常在梦中出现的躁动不安。

"我想去延安。"他告诉她。

她迷茫地望着他，显而易见，"延安"二字带给她的只能是一片空白。

他并不打算让她更多地明白一些什么，他现在需要知道的是她近来梦中的情景。这个习惯是从一九三〇年八月延伸过来的。

她重现了一九三〇年的害臊。然后她告诉他近来她也有类似的梦。不同的是她没有置身海轮中，而是坐在了由四人抬起的轿子里，她脚上穿着颜色漂亮的布鞋。轿子在城内各条街道上走过。

他听完微微一笑，说：

"你的梦和我的梦不一样。"

他继续说：

"你是想着要出嫁。"

那时候日本人已经占领了他们居住的城市。

三

一九五〇年四月，作为解放军某文工团团长的谭博，腰间系着皮带，腿上打着绑腿，回到了他的一别就是十年的家中。此刻全国已经解放，谭博在转业之前回家探视。

那时候兰花依然居住在他的家中，只是不再是他母亲的女佣，开始独立地享受起自己的生活。谭博家中的两间房屋已划给兰花所拥有。

谭博英姿勃发走入家中的情景，给兰花留下了深刻的印象。此时兰花已经儿女成堆，她已经丧失了昔日的苗条，粗壮的腰扭动时抹杀了她曾经有过的美丽。

在此之前，兰花曾梦见谭博回家的情景，居然和现实中的谭博回来一模一样。因此在某一日中午，当兰花的丈夫出门之后，兰花告诉了谭博她梦中的情景。

"你就是这样回来的。"

兰花说。兰花不再如过去那样羞羞答答，毕竟已是儿女成堆的母亲了。她在叙说梦中的情景时，丝毫没有含情脉脉的意思，仿佛在叙说一只碗放在厨房的地上，语气十分平常。

谭博听后也回想起了他在回家路上的某个梦。梦中有兰花出现。但兰花依然是少女时期的形象。

"我也梦见过你。"

谭博说。

他看到此刻变得十分粗壮的兰花，不愿费舌去叙说她昔日的美丽。有关兰花的梦，在谭博那里将永远地销声匿迹。

四

一九七二年十二月。垂头丧气的谭博以反革命分子的身份回到家中。母亲已经去世，他是来料理后事。

此刻兰花的儿女基本上已经长大成人。兰花依然如过去那样没有职业。当谭博走入家中时，兰花正在洗塑料布，以此挣钱糊口。

谭博身穿破烂的黑棉袄在兰花身旁经过时，略略站住了一会儿，向兰花胆战心惊地笑了笑。

兰花看到他后轻轻"哦"了一声。

于是他才放心地朝自己屋内走去。过了一会儿，兰花敲响了他的屋门，然后问他：

"有什么事需要我？"

谭博看着屋内还算整齐的摆设，不知该说些什么。

母亲去世的消息是兰花设法通知他的。

这一次，两人无梦可谈。

五

一九八五年十月。已经离休回家的谭博，终日坐在院内晒着太阳。还是秋天的时候，他就怕冷了。

兰花已是白发苍苍的老人了，可她依然十分健壮。现在是一堆孙儿孙女围困她了。她在他们之间长久周旋，丝毫不觉疲倦。同时在屋里进进出出，干着家务活。

后来她将一盆衣服搬到水泥板上，开始洗涮衣服。

谭博眯缝着眼睛，看着她的手臂如何有力地摆动。在一片"唰唰"声里，他忧心忡忡地告诉兰花：

他近来时常梦见自己走在桥上时，桥突然塌了。走在房屋旁时，上面的瓦片奔他脑袋飞来。

兰花听了没有做声，依然洗着衣服。

谭博问：

"你有这样的梦吗？"

"我没有。"

兰花摇摇头。

一九八九年八月

祖
先

一位满脸白癜风斑的货郎，摇着拨浪鼓向我们村走来。我们村庄周围的山林在初秋的阳光里闪闪发亮。没有尘土的树叶，如同玻璃纸一样清澈透明。这是有关过去的记忆，那个时代和水一起流走了。我们的父辈们生活在这里，就像是生活在井底，呈现给他们的天空显得狭窄和弯曲，四周的山林使他们无法看到远处。距离对他们而言成了简单的吆喝，谁也不用走到谁的跟前说话，声音能使村庄缩小成一个家庭。如今这一切早已不复存在，就像一位秃顶老人的荒凉，昔日散发着蓬勃绿色的山村和鸟鸣一起销声匿迹了，粗糙的泥土，在阳光下闪耀着粗糙的光芒，天空倒是宽阔起来，一望无际的远处让我的父辈们看得心里发虚。

那天，摇着拨浪鼓的货郎向我们走来时，我正睡在父亲汗味十足的棉袄里，那件脏得发亮的棉袄包住了我，或者说我被稻草捆住了。一个我异常熟悉的女人把我放在田埂上，她向我俯下身来时头发刺在了我的脸上，我发出了青蛙般的叫声。我的母亲就直起了身体。她对她长子的叫声得意洋洋，而在田里耕作的父亲对我表达生命的叫唤似乎充耳不闻，他用柳枝抽打着牛屁股，像是一个爬山的人前倾着身体。我母亲用力撕下了头巾，让风把头发吹得重又整齐后，又使劲扎上了头巾。这一组有些夸张的动作，展示了我母亲内心的不满。我父亲对他长子的麻木，让我母亲对他夜晚的欢快举动疑惑不解。这位在水田里兢兢业业的男人实际上是一个没有目的的人，对他来说，让我母亲怀孕与他将种子播入田里没什么两样，他不知道哪件事更值得高兴。我母亲对他喊：

"喂，你听到了吗？"

我父亲将一只脚从烂泥里拔了出来，扭着身体看我母亲。这时候谁都听到了白癜风货郎的拨浪鼓，鼓声旋转着从那些树叶的缝隙中远远飘来。我看到了什么？青草在我眼睛上面摇晃，每一根都在放射着光芒，明亮的天空里生长出了无数闪闪发亮的圆圈，向我飞奔而来，声音却是那么遥远。我以为向我飞来的圆圈是用声音组成的。

在我父亲黝黑的耳中，白癜风货郎的鼓声替代了我刚才的叫唤，他脸上出现了总算明白的笑容。我父亲的憨笑是为我母亲浮现的，那个脸上白斑里透出粉红颜色的货郎，常为女人带来喜悦。我忠诚的父亲对远远来临的鼓声所表达的欢乐，其实是我母亲的欢乐。在鼓声里，我母亲看到了色彩古怪的花朵，丧失了绿叶和枝丫后，直接在底色不同的布料上开放。这种时候母亲当然忘记了我。渐渐接近的拨浪鼓声使我父亲免除了责备，虽然他对此一无所知。我母亲重又撕下了头巾，拍打着身上的尘土向鼓声传来的树林走去。她扭动着的身体，使我父亲的目光越来越明亮。

一群一群栖息的鸟，从树林里像喷泉一样飞向空中，在光芒里四散开去。我可能听到了树梢抖动后的哗哗声。我那无法承受阳光而紧闭的眼睛里，一片声音在跳跃闪烁。那些在田里的男人双手抱住他们的锄头，看着村里的女人拥向鼓声传来的地方。她们抬起胳膊梳理着头发，或者低头拍打裤管上的泥土，仅仅是因为白癜风货郎的来到，使她们如此匆忙地整理自己。

拨浪鼓的响声在树林上方反复旋转。遮住了天空的树林传来阵阵微妙的风声，仿佛是很多老人暗哑的嗓音在诉说，清晰的鼓声飘浮其上，沿着山坡滑了过来。我母亲伸直了脖子，像是仰望天空一样望着伸手可及的树林。她和村里的女人在一起便要叽叽喳喳，女人尖厉的声音刺激了我张开的耳朵，为什么女人的声音要和针一样锋利，在明亮的空中一道一道闪烁，如同我眼睛上面的青草，摇摇晃晃刺向了天空。

那个货郎总是偏离方向，我母亲她们听到鼓声渐渐斜过去，不由焦虑万分，可她们缄口不言。她们伸长了脖子，犹如树巢里的麻雀。如果她们齐声呼喊的话，将有助于货郎找到我们村庄。在这些女人的费解的沉默里，货郎似乎意识到了判断上的误差，于是鼓声令人欣喜地斜了回来。问题是他又逐渐斜向了另一端。满脸白癜风斑的货郎踩着松软的枯叶，在枝丫的缝隙里弯弯曲曲地走来。终于让她们听到了扁担吱呀吱呀的响声，隐藏在旋转的鼓声里，微弱无力，却是激动人心的。

货郎拨开最后一根阻挡他的树枝，被担子压弯了的腰向我们村庄倾斜过来。他看到众多女人的眼睛为他闪闪发光时，便露齿一笑。他的一口白牙顿时使脸上的白斑黯淡无色。

于是女人尖厉的声音像沸水一样跳跃起来，她们的欢乐听上去是那么的轻飘飘毫无掩饰之处。我已经能够分辨其中的那个声音，从我母亲张开的嘴飞翔而出，她滔滔不绝，就像是石片在水面上滑过去激起一连串的波浪，我意识到了母亲的遥远，她的嗓音里没有潮湿的气息喷在我脸上，我最初感受到了被遗弃的恐惧。过于明亮的天空使我的眼睛开始疼痛难忍，那些摇晃的草尖明确了我的孤独。我张开空洞的嘴，发出与我处境完全吻合的哭喊。

谁会在意一个微小生命的呼叫？我显示自己存在的声音，说穿了只是一只离开树根爬到阳光底下的蚂蚁，谁也不会注意它的自我炫耀。我母亲彻底沉浸到对物质的渴求之中，她的眼睛因为饥饿而闪耀着贪婪的光芒，她的嘴在不停地翕动，可是她一点也不知道自己在说些什么。事实上这并不重要，她翻动货郎担子里物品的手指有着比嘴里更急迫的语言。我的父亲，脸上布满难以洗尽的尘土的父亲，正虔诚注视着我母亲的激动。他听不到我的哭喊，他作为丈夫比作为父亲更值得信赖。

我哇哇哭叫，全身开始抽搐，可是没有人理会我，哪怕是回过身来望我一眼的人也没有。父亲的破烂棉袄捆住了我，我无力的腿蹬不开这束缚，只有嘴是自由的。我的哭喊飘出了村庄，进入了四周的树林。如果真像村里上了年纪的人所说的那样，我当初的哭声穿越了许多陈旧的年代，唤醒了我们沉睡的祖先。我同时代的人对我的恐惧置之不理时，我的一位祖先走过漫长的时间来到了我的身旁。我感到一双毛茸茸的手托起了我，身体的上升使哭喊戛然而止，一切都变得令人安心和难以拒绝。一具宽阔的胸膛如同长满青草的田地，替我阻挡了阳光的刺激。我的脸上出现痒滋滋的感觉，我的嘴唇微微张开，发出呀呀的轻微声响，显然我接受了这仿佛是杂草丛生的胸膛。

因我无人理睬的哭叫而走向我的那具宽大的身躯，听说长满了长长的黑毛。村里当初目睹此事的人都弄不清他头颅上生长的是和身上一样的毛，还是头发。他们无法判断哪种更长。他那两颗像鸡蛋一样滚圆的眼睛里有着明亮的目光，这一点谁都铭心刻骨。他的形象十分接近我们理解中的祖先，如果他真是我们的祖先，这位祖先显得过于粗心大意了。我的哭叫无意中成为一块放在陷阱上面涂抹了酱油的肉，引诱着他深入到现代人的敌意之中。

他像货郎一样拨开了树枝，迈动着两条粗壮的短腿，摇晃着同样粗壮的胳膊，大模大样地走来了。那时候我的父亲依然抱着他的锄头痴笑地看着我母亲。我母亲和众多女人都俯身翻弄着货担里的物品。她们臀部结实的肉绷紧了裤子。货郎的手也伸进了担子里。女人的手在翻弄货物时，他翻弄着女人的手。后来他注意到一双肤色异样的手，很难说它充满光泽，可是里面的肉正一鼓一鼓地试图涌出来，他就捏住了它。这只哺乳时期女人的手有着不可思议的松软。我母亲立刻抬起脸来，与货郎相视片刻后，两人都微微一笑。

此刻，那位类似猩猩又像是猿人的家伙，已经走到我的身旁。他从田埂上走过来时很像是走钢丝的杂耍艺人，伸开两条粗短的胳膊，平衡着自己摇摆的身躯。宽大的长满黑毛的脚丫踩着青草走来，传来一种似苍蝇拍子拍打的响声，应该说他出现时显得颇为隆重，在村庄喧闹的白昼里，他的走来没有一丝隐蔽可言，可是竟然没有一个人注意他。

我母亲松软的手遭受货郎的袭击之后，这位女人内心涌上了一股怅然之情，她一下子被推到货物的诱惑和陌生的勾引之间，一时间无从选择。接下来她体现出了作为妻子的身份，我母亲扭过脸去张望我的父亲。那时候我父亲看得过于入迷，脸上渐渐出现严肃的神情。这使我母亲心里咯噔一下，她呆呆望着我父亲，无从判断刚才转瞬即逝的隐秘行为是否被我父亲一眼望到。我母亲的眼中越来越显示出了疑惑不解。前面浓密的树林逐渐失去阳光的闪耀，仿佛来到了记忆中最后的情景，树林在风中像沉默的波涛在涌动。正是那个黑乎乎的大家伙使我母亲摆脱了窘境，她看到一具宽阔的身体从我父亲身后移了过去，犹如阳光投射在土墙上的黑影。最初的时候，我母亲并没有去重视这日光背影上出现的身躯。她的思绪乱纷纷如同远处交错重叠的树叶。直到那个宽大的身形抱起我重又从我父亲身后慢吞吞移过去时，我母亲才蓦然一惊。她看清了那个可怕的身形，他弯曲的双臂表示他正抱着什么。我母亲立刻去眺望我刚才躺着的田埂，她没有看到自己的儿子，谁也想不到我母亲会发出如此尖厉的喊叫，她的脑袋突然向前刺过去，双手落到了身后，她似乎是对我父亲喊：

"你——"

我母亲的喊叫给所有人都带来了惊慌，那些沉浸在货物给予的欢乐中的女人，吓得也跟着叫起来。她们的叫声七零八落，就像是一场暴雨结束时的情景。我父亲在那一刻睁大了眼睛，显而易见，他是那一刻对恐惧感受最深的人，虽然他对我的被劫持一无所知。就连那位抱着我的长满黑毛的家伙，也被我母亲闪电一般的叫声所震动，他的脚被拖住似的回过身，两只滚圆的眼睛闪着异常的光芒。这很可能是恐惧的光芒。他看到我母亲头发飘扬起来，喊叫着奔跑过来。

我母亲的惊慌没过多久，就让所有的人都明白发生了什么灾难。她不顾一切地奔跑给了其他人勇气。货郎是最先表达自己勇敢的人，他随手操起一根扁担，从另一个方向跑向那个黑乎乎的家伙。他是要抢先赶到树林边截住偷盗婴儿者。几个在田里的男人此刻也跳上了田埂，握着锄头去围攻那个怀抱我的家伙。他们奔跑时脚上的烂泥向四处飞去。那些女人，心地善良的女人，被我母亲面临的灾祸所激动，她们虽然跑得缓慢，可她们的尖声大叫同样坚强有力。倒是我的父亲，在那一刻显得令人不可思议地冷静。他依然双手抱住锄头，茫然注视着这突然出现的纷乱。我的父亲只是反应不够迅速，在那种时候，即便是最胆小的人，也会毅然投入到奔跑的人们中间。迷惑控制了我的父亲，他为眼前出现的胡乱奔跑惊住了，也就是说他忘记了自己。

与我母亲他们慌乱地喊叫着奔跑相比，那个抱住我的黑家伙显示出了完全不同的一副模样。他的神情十分放松，仿佛周围的急剧变化与他毫不相干，他在田埂上摇摇摆摆比刚才走来时自如多了。他摇晃着脑袋观看那些从两边田埂上慌乱跑来的人。这样的情形令他感到趣味横生，于是他露出了凌乱的牙齿，那个时候我肯定睁开着眼睛，我的脸贴在他使我发痒的胸膛上，当我们村庄处于惊慌失措之中时，我是另一个心安理得的人。我和那些成年人感受相反，在他们眼中十分危险的我，却在温暖的胸口上让自己的身体荡漾。

那个差一点成为我的抚养者的家伙，走完狭窄的田埂，顷刻就要进入密密的树林里，被满脸白癜风的货郎挡住了去路。货郎横开着扁担，向他发出一系列的喊叫。货郎充满激情的恐吓与诅咒只对我们身后的人有用。对我们而言，货郎的威胁犹如来自遥远的叫喊，与此刻并不相关。怀抱着我的他没有停下脚步，而是直愣愣地向货郎走去。瘦小的货郎在这具逼近的宽大身躯前连连倒退。货郎举起了扁担，指望能够以此改变我们的前进。我们一如既往。货郎只能绝望地喊叫着将扁担打下来。我感到自己的身体往上一颤，我依靠着的胸口上面，一张嘴开始了啊啊地喊叫，声响粗壮有力，使货郎立刻脸色苍白，闪向了一旁。我母亲终于扑了过来，她用脑袋猛烈撞击那个黑乎乎的身体。我母亲哭叫的求救声，使村里人毫不畏惧地围了上来。几个男人用锄头砍过来，可是到了近前他们立刻缩回了锄头，是怕砍伤了我。这个时候那个黑家伙才惊慌起来。他左冲右突都被击退，最后他突然跪在了地上，将我轻轻放在一堆草丛上面，然后起身往前猛冲过去。阻挡他的人看到我已被放弃，都停住攻击把身体往旁边闪开。他蹦跳着奔向树林，横生的树枝使他的速度蓦然减慢，他几乎是站住了，小心翼翼地拨开树枝挤进了树林。有一段时间，在外面的人都能清晰地听到他宽大的脚丫踩着枯叶走去时的沙沙声。

　　我来到了母亲的怀中，我嗅到了熟悉的气味，同样熟悉的声音在我脸蛋的上面滔滔不绝。我母亲摆脱了紧张之后开始了无边的诉说，激动使她依然浑身颤抖不已。母亲胸前的衣服摩擦着我的脸，像是责骂一样生硬。她的手臂与刚才的手臂相比实在太细了，硌得我身体里的骨头微微发酸。总之一切都变得令人不安，这就是为什么我突然哇哇大叫起来。

　　直到这时，我的父亲才恍然明白发生了什么。在危险完全过去后，我父亲扔掉锄头跳上了田埂，仿佛一切还未结束似的奔跑了过来。他的紧张神态让村里人看了哄笑起来。我父亲置之不理，他满头大汗跑到正在哭叫的我身前。我注定要倒霉的父亲其实是自投罗网，他的跑来只能激起我母亲满腹的怒气。我母亲瞪圆了眼睛，半张着嘴气冲冲地看了我父亲半晌，她简单的头脑里寻找着所有咒骂我父亲的词汇。到头来她感到所有词汇蜂拥而出都难解心头之气。面对这样一个玩忽职守的男人，我母亲只能使自己身体胡乱抖动。

我父亲到这种时候依然没有意识到事实的严重。他对他儿子的担忧超越了一切，我的哇哇哭叫让他身心不安。他向我伸出了手臂，也向我母亲指出了惩罚的方式。我母亲挥臂打开了他的手，紧接着是怒气十足地一推，我父亲仰身掉入了水田，溅起的泥浆都扑到了我的脸上。村里人都看到了这一幕，谁也没有给予我父亲一丝同情的表示。他们似乎是幸灾乐祸地看着这个满身泥水的男人，几声嗤笑此起彼伏，他们把我父亲当成了一个胆小的人。我母亲怀抱还在哭叫的我咚咚地走向了我们的茅屋。我的脑袋在她手臂上挂了下去，和她的衣角一起摇来晃去。我父亲站起了身体，让泥水往下滴落，微弓着背苦恼地看着走去的妻子。

这天傍晚来临的时刻，村里人都坐在自家门口，喊叫着议论那个浑身长满黑毛的家伙。村庄的上空飘满了恐惧的声音。在此之前，他们谁都不曾见过这样的怪物。现在他们开始毫不含糊地感受到自己处于怎样的危险之中。那片对他们而言浓密的、无边无际的森林，时刻都会来毁灭我们村庄。仿佛我们已被虎啸般可怕的景象所包围。尤其是女人，女人叫嚷着希望男人们拿起火枪，勇敢地闯进树林，这样的行为才是她们最爱看到的。当女人们逐个站起了身体变得慷慨激昂的时候，我们村里的男人却不会因此上当，尽管他们不久前为了救我曾不顾一切地奔跑，集体的行为使他们才变得这么勇敢。此刻要他们扛起火枪跨进那方向和目标都毫无意义的树林，如同大海捞针一样去寻找那个怪物，确实让他们勉为其难。

"上哪儿去找啊？"

一个人这样说，这似乎是他们共同的声音。我们的祖辈里只有很少几个人才有胆量到这走不到头的树林里去闯荡。而且这几个人都是不知死活不知好歹的傻瓜。他们中间只有两个人回到我们村庄，其中一个在树林里转悠了半年后终于将脑袋露到树林外面时，立刻呜呜地哭了，把自己的眼睛哭得就跟鞭子抽过似的。如今，这个人已经上了年纪，他微笑着坐在自己门前，倾听他们的叫嚷。

一个男人说："进去就进去，大伙得一起进去，半步都不能分开。"

老人开始咳嗽，咳了十来声后他说："不行啊，当初我们五个人进去时也这么说，到了里面就由不得你了。最先一个说是去找水喝，他一走人就丢了，第二个只是到附近去看看，也丢了，不行啊。"

来自树林的恐怖被人为地加强了，接下来出现的沉默虽只有片刻，却足以证明这一点。女人们并不肩负这样的责任，所以她们可以响亮地表达自己的激动。有一个女人手指着正收拾物品的货郎说：

"他怎么就敢在林子里走来走去？"

货郎抬起脸，发出谦和的微笑。他说："我是知道里面的路。"

"你生下来就知道这条路？"

面对女性响亮的嗓音，货郎感到不必再掩饰自己的勇敢，他不失时机地说：

"我生下来胆子就大。"

货郎对我父辈的嘲笑过于隐晦，对他们不起丝毫作用，倒是激励了女人的骄傲，她们喊叫道：

"你们呀，都被阉过了。"

一个男人调笑着说："你们替我们进树林里去吧。"

他立刻遭到猛烈的回击，其中最为有力的一句话是：

"你们来替我们生孩子吧。"

男的回答："你们得先把那个通道借给我们，不是我们怕生孩子，实在是不知道小崽子该从什么地方出来。"

女人毕竟头脑简单，她们并没意识到话题已经转移，依然充满激情地沉浸在类似的争执之中。所有的女人里，只有我母亲缄口不言。她站在屋门口怀抱着我，微皱眉头眺望高高耸起的树林，她的脸上流露出羞愧与不安交替的神色。我父亲的胆怯不是此刻共同出现的胆怯，他在白天的那一刻让我母亲丢尽了脸。他蹲在一旁神色凄凉，眼睛望着地上的泥土迟迟没有移开。傍晚来临的秋风呼呼吹来，可吹到他脸上时却十分微弱。当村里男女的喊叫越来越和夜晚隐秘之事有关，他们也逐渐深入到放松的大笑中时，我的父母毫无所动，两人依然神情滞重地在屋门口沉思默想。

天色行将黑暗，货郎一反往常的习惯，谢绝了所有留宿的邀请。他将拨浪鼓举过头顶，哗啦哗啦地摇了起来，这是他即将出发的信号。村里四五个能够走路的孩子跟在他的身后，全都仰起脑袋，惊奇地看着货郎的手。鼓槌飞旋之时，货郎的手似乎纹丝没动。

货郎走过我母亲身边时，意味深长地转过脸来向她一笑，那张布满白斑的脸在最后的霞光里亮得出奇。我母亲僵硬的脸因为他的微笑立刻活泼了起来。她肯定回报了货郎的微笑。我昏睡的身体在那一刻动弹了几下，母亲抱紧了我，她的胸口压紧了我的脸。我母亲前倾着身体，她的目光追随着货郎的背影，在黄昏的时刻显得十分古怪。

货郎走去时没有回头，他跨上了一条田埂，弯曲着脊背走近树林。村里的孩子此刻排成一行，仍然仰着脑袋惊讶万分地看着他摇拨浪鼓的手。那时候我父亲也抬起了脸，拨浪鼓的远去使他脸上露出迷惑的笑意。是什么离去的声音刺激了他，他暂时摆脱我母亲沉默所带给他的不安。

货郎已经走到了树林边上，这时天色微暗，他转过身来，那一行孩子立刻站住了脚，看着货郎向我们村庄高举起拨浪鼓，使劲地摇了起来，直到现在孩子们才终于看清了他的手在动。

只有我母亲一个人能够明白货郎高举拨浪鼓是为了什么。他不是向我们村庄告别，不是告别，而是在召唤。我母亲脸上出现了微妙的笑意，随即她马上回头看了一眼我的父亲。我父亲不合时宜地表达了他的受宠若惊，使我母亲扭回头去时坚决而果断。她第一次清晰地感受到自己来到了两个男人的中间，难以言说的情绪慢慢涌上心头。此刻一个已经消失在昏暗的树林之中，一个依然在自己的身旁，那几个孩子响亮地说些什么走了回来，在我母亲的近旁分散后各自回到家中。拨浪鼓还在清晰地响着，货郎似乎是直线往前走去。没过多久，鼓声突然熄灭了，不由使我母亲心里一惊，她伸长了脖子眺望已经黑暗的树林。我父亲这时才站起身体踩着两条发麻的腿。他在我母亲身后踩脚时显得小心翼翼。其实那时我母亲对他已是视而不见了。鼓声紧接着又响了几下，货郎的拨浪鼓一会响起一会沉寂，间隔越来越短，鼓声也越来越急躁不安。

我母亲缓缓地转过身去，走回到屋中床边，把已经熟睡的我放在了床上，伸出被夜风吹凉了的手指替我擦去流出的口水，然后吹灭油灯走向屋外。

我父亲手扶门框看着他妻子从身旁走过。借着月光他看到我母亲脸上的皮肤像是被手拉开一样，绷得很紧。她走过我父亲身旁，如同走过一个从不相识的人身旁，走到屋外时她拍打起衣服上的尘土，不慌不忙地走上了田埂，抬起胳膊梳理着头发。那时货郎的鼓声又急剧地响了起来。我父亲看着她的身影越来越小，一个很小的黑影走近了那片无边无际的巨大黑影。

我母亲的断然离去，在父亲心中清晰简单地成为了对他的指责。他怎么也无法将树林里的鼓声和正朝鼓声走去的女人联系到一起。他只能苦恼地站在门口，看着他妻子在黑夜里消失。接下去是村庄周围树叶在风中发出的沙沙声，犹如巨大的泥沙席卷而来一般。在秋天越深越冷的夜里，身穿单衣的父亲全然不觉四肢已经冰凉。他唯一的棉袄此刻正裹在我的身上。我母亲一走了之，使我父亲除了等待她回来以外，对别的一切都麻木不仁。树林里的鼓声那时又响了起来，这次只有两下响声，随后的沉默一直持续到黎明。

村里有人在我父亲身边走过时说："你干吗站在这里？"

我父亲向他发出了苦笑，他不知道此刻应该掩饰，他说："我女人走啦。"

他一直站在屋外，冷清的月光照射在他身上。我一点也不知道父亲的苦衷，呼呼大睡，发出小小的呼噜。尽管那时我对父亲置之不理，可我的鼻息是母亲离去之后给予我父亲的唯一安慰。他在屋外时刻都能听到儿子的声音，只是那时我的声音也成为了对他的指责。他反复回想白天的事，他的脑袋因为羞愧都垂到了胸前。

黎明来到后，他才看到我母亲从树林里走出来，如同往常收工回家一样，我母亲沿着田埂若无其事地走近了我父亲。她走到他身旁时看到他的头发和眉毛上结满了霜，我母亲就用袖管替他擦去这一夜带来的寒冷。我父亲这时呜呜地哭了。

我父亲就是这天黎明带上他的火枪进山林里去的，他此外没带任何东西，他临走时我母亲正给我喂奶，据她说她一点都不知道我父亲的离去。

村里有好几个人看到了他，他将双手插在单薄的袖管里，火枪背在身后，缩着脑袋在晨雾里走向山林。林里一位年轻人说：

"早啊。"

我父亲也说了声："早啊。"

他决定闯进树林之后，并不知道这是值得炫耀的勇敢行为，他走去时更像是在偷偷摸摸干着别的什么。那个年轻人走过他身旁看到了那杆火枪，立刻大声问他：

"你要进林子里去？"

我父亲那时显得忐忑不安，他回头望了一下，支支吾吾什么话也没有说清楚。这时另外的两个人走上前来，他们一前一后站在我父亲前面，他们问：

"你真是进林子？"

我父亲羞怯地笑了一下。他们说：

"你别进去了，别去找死了。"

后一句使我父亲感到很不愉快，他从袖管里伸出右手拉了拉火枪的背带，从他们身旁走了过去，同时低声说：

"我不是去找死。"

他加快了步子走向树林。此刻晨雾逐渐消散，阳光开始照射到我父亲身上，尽管有些含糊不清。他选择货郎进去的那个地方走进了树林。开始他听到脚下残叶的沙沙声，枯黄的树叶有些潮湿。没走多远，他的布鞋就湿了。我父亲低头寻找着货郎来去时借助的那条小路。在树林的边缘来回探察，用脚摸索着找到了那条弯弯曲曲的小路，他踩到路上时蓦然感到失去了松软的感觉，土地的坚硬透过薄薄一层枯叶提醒了他。他蹲下身子，伸手拨开地上的树叶，便看到了泥土，他知道路就在这里。这里的树叶比别的地方都要少得多。白昼的光亮从顶上倾泻下来，帮助他看清被枯叶遮盖的道路所显露的模糊轮廓。

那时候我父亲听到了依稀的鼓声，在远处的某一个地方渐渐离去。他侧耳倾听了一会儿，分辨出是货郎的拨浪鼓在响着，这使他内心涌上细微的不知所措。昨晚离去的货郎，在此刻仍能听到他的鼓声，对我父亲来说，树林变得更为神秘莫测了。而且脚下的道路也让他多少丧失了一点刚才的信任。他感到这条路的弯曲可能和头顶的树枝一样盘根错节，令人望而生畏。

我父亲在那里犹豫不决，片刻后他才小心翼翼沿着小路往前走去，此时他已消除了刚才的不安。他突然发现自己来到这里并不是要走到树林另一端的外面，他只要能够沿着这条路回来就行了。我父亲微微笑起来，他那克服了不安的腿开始快步向前走，两旁的枝丫留下了被人折断过的痕迹，这证明了我父亲往前走去时的判断是正确的。他逐渐往里走，白昼的光亮开始淡下来，树木越来越粗壮，树枝树叶密密麻麻地交错重叠到一起，周围地上的枯叶也显得更为整齐。他那时只能以枯叶的凌乱来判断路的存在。

在屋外等待妻子整整一夜的他，走了半晌工夫后，身体疲倦。他黎明出发时没吃食物，他感到了饥饿，尽管如此，他没有使自己坐下来休息。靠着斑驳的树干站了一会儿，他离开路向树林深处走去，他将一把锋利的刀握在右手，每走五步都要将一棵树削掉一大块，同时折断阻挡他的树枝。这双重的标记是我父亲求生的欲望，他可以从原先的路回到我们村庄。

我父亲进入山林不是找死，而是要找到那浑身长满黑毛的家伙，他要取下他的火枪，瞄准、射击、打死那个黑家伙，然后把他拖出树林，拖回到我们村庄。我父亲希望看到自己能够这样回到家中，让怀抱我的母亲欣喜地看着他的回来。

他呼哧呼哧喘着气往前走得十分缓慢，他所付出的力气和耕田一样，他时时听到鸟在上面扑打着翅膀惊飞出去的声音。这突然发生的响声总是让我父亲吓一跳。直到它们喳喳叫唤着飞到另一处，我父亲才安下心来。他最担心的是过早遇到猛兽，他所带的火药使他难以接连不断地去对付进攻者。越往里走，我父亲也就越发小心谨慎，他折断树枝时也尽量压低声响。可是鸟的惊飞总让他尴尬，他会不知所措地站在那里，直到鸟声消失。

他感到身上出汗了，汗似乎是哗哗地流了出来，这是身体虚弱的报应。他赶紧从胸口拿出火药，吊在衣服外面，火药挂在胸前，减慢了他前行的速度。他折断树枝时只能更加小心，以免枝丫穿破胸前的布袋。

我父亲艰难地前行，已经力不从心。在这一天行将结束时，他发现树木的品种出现了变化，粗壮高大的树木消失到了身后，眼前出现了一片低矮的树木，同时他听到了流水的响声。我父亲找到了一条山泉，在一堆乱石中间流淌。那时天色变得灰暗下来，他看到树木上挂着小小的红果子，果子的颜色是他凑近以后才分辨出来的。他便采满了一口袋，然后走到泉边喝水，出汗后让他感到饥渴难忍。

这时他听到一阵踩着枯叶的声音隐隐约约传来，似乎有什么朝他走来，他凝神细听了一会儿，声音越来越明显。我父亲马上躲到一棵树后，给枪装上火药，平静地注视着声响传来的方向。过了一会儿，那发出声响的家伙出现在我父亲的目光中。他的出现使父亲心里一怔，此后才感到莫大的喜悦。这个浑身长满黑毛直立走来的家伙，正是我父亲要寻找的。一切都是这么简单，现在他就站在离我父亲十来米的地方，踮起脚采树上的果子。他的背影和人十分相似。我父亲站起来，枪口向他伸去，可能是碰到了树枝，发出的响声惊动了他。他缓慢地转过身来，看到了向他瞄准的我父亲。他那两只滚圆的大眼睛眨了眨，随后咧开嘴向我父亲友好地笑了。我父亲扣住扳机的手立刻凝固了，他一下子忘记了自己为何要来到这里。那黑家伙这时又转回身去，采了几颗果子放入嘴中边咬边走开去。他似乎坚信我父亲不会伤害他，或者他不知道这个举枪瞄准的人能够伤害他。他摇摆着宽大的身体，不慌不忙地走出了我父亲的枪口。

似乎有漫长的日子流走了，我父亲那件充满汗酸味的棉袄在霉烂和破旧的掠夺下已经消失，就像我的父亲一样消失。现在我坐在田埂上，阳光照在我身上，让我没法睁大眼睛。不远处的树林闪闪发亮，风声阵阵传来，那是树叶抖动的声响。田埂旁的青草对我来说，早已不是生长到脸的上方的时候了，它们低矮地贴在泥土上，阳光使它们的绿色泛出虚幻的金黄。我母亲就在下面的稻田里割稻。她俯身下去挥动着镰刀，几丝头发从头巾里挂落出来，软绵绵地荡在她脸的两侧。她时时直起身体用手臂擦去额上的汗水，向我望一两眼。有一次她看到我捉住一只蜻蜓后便露出高兴的笑容。村里成年的人此刻都在稻田里。我看着稻子一片片躺在地上，它们躺下后和站立时一样整齐。我耳中回响着他们嗡嗡的说话声，我一点都不明白他们在说些什么，他们突然发出的笑声使我惊讶，接着我也跟着他们笑，尽量笑得响一点。可是母亲注意了我，她直起身体看了我一会儿。我的仰脸大笑感染了她，我看到她也笑了起来。最让我有兴趣的是一个站着的人对一个俯下身子的人说话，当后一个站起来时，原先站着的人立刻俯身下去，两个人就这样换来换去。

一些比我大的孩子提着割草篮子在不远处跑来跑去。他们也在大声说话，他们说的话我还能听懂一些，他们是在说那位新来的老师，说他拉屎时喜欢到林子里去，这是为什么。

"他怕别人看他。"

一个孩子响亮地说，他说完后嘴还没有闭上就呆呆站在那里，朝我这边看着。我身体左边有脚步声传来，穿着干部服的年轻老师走到我身前，指着我朝田里喊：

"他是谁家的？"

田里没有人理睬他，他又喊了一声。我心里很不高兴。他指着我却去问别人，我说：

"喂，你问我吧。"

他看了我一会儿，还是朝田里喊，我母亲这才起身应道：

"我家的。"

他说："为什么不送他到学校来？"

我母亲一时间不知道说什么好，只是笑眯眯地看着他。我抢先回答：

"我还小，我哪儿都不能去。"

我母亲因为我而获救，她说：

"是啊，他还小。"

年轻的老师转向几个男人喊道：

"谁是他的父亲？"

没有人回答他，母亲站在那里显得越来越尴尬，又是我救了她，我说：

"我爹早就死啦。"

五年前我父亲走进树林之后就再也没有回来，他在那个晨雾弥漫的黎明悄无声息地离开了家，那时我的嘴正贴在母亲的胸前，后来当母亲抱着我，拿着锄头下地时，村里人的话才让她知道发生了什么。她扔下锄头抱着我跑到了树林边，朝里面又骂又喊，要我的父亲回来。我难以知道母亲内心的悲伤。在此后有月光或者黑暗的夜晚，她抱着我会在门前长久站立，每一次天亮都毁灭着她的期待。五年过去以后，她确信自己是寡妇了。死去的父亲在她心中逐渐成为了惩罚。

那位年轻的老师在田里众人的默然无语中离去。对一个失去父亲的孩子，他不能继续指责。我仍然坐在那里，刚才在那里大声叫嚷的孩子们突然向西边奔跑过去了。我扭头看着他们跑远，可是没一会他们又往这里跑来。我的脖子酸溜溜起来，便转回脑袋，去看正在割稻的母亲。这时候我听到那些跑来的孩子突然哇哇大叫了。我再去看他们，他们站在不远的田埂上手舞足蹈，一个个脸色不是通红就是铁青。他们正拼命呼叫在田里的父母们。随后田里的人也大叫起来。我赶紧去看母亲，她刚好惊慌地看了我一眼，接着转身呆望另一个方向，手里的镰刀垂在那里，像是要落到地上。

　　我看到了那个浑身长满黑毛的家伙，应该说我是第二次看到他，但我的记忆早已模糊一片。他摇摆着宽大的身体朝我走来，就是因为他的来到才使周围出现这样的恐慌。我感到了莫名的兴奋，他们的吼叫仿佛是表演一样令我愉快。我笑嘻嘻地看着朝我走来的黑家伙，他滚圆的大眼睛向我眨了眨，似乎我们是久别重逢那样。我的笑使他露出了白牙，我知道他也在向我笑。我高兴地举起双手向他挥起来，他也举起双手挥了挥。那两条粗壮的胳膊一挥，他宽大的身体就剧烈摇晃了。他的模样逗得我咯咯大笑。他就这样走近了我，他使劲向我挥手。我看了又看似乎明白他是要我站起来，我就拍拍身边的青草，让他坐下，和我坐在一起。他挥着手，我拍着他，这么持续了一会儿，他真的在我身旁坐下了，伸过来毛茸茸的手臂按住了我的脑袋。我伸手去摸他腿上的黑毛。毛又粗又硬，像是冬天里干枯了的茅草。除了母亲，我从没有得到过这样的亲热，于是我就抬起头去寻找母亲。这时他突然浑身一颤大声吼叫了。我看到一把镰刀已经深深砍进他的肩膀，那是我母亲的镰刀。母亲睁圆了眼睛恐惧地嘶喊着。这景象让我浑身哆嗦。村里很多人挥着镰刀冲过来，朝他身上砍去。他吼叫着蹦起身体，挥动胳膊阻挡着砍来的镰刀。不一会儿他的两条胳膊已经鲜血淋淋。他一步一步试图逃跑，砍进肩膀的那把镰刀一颤一颤的。没多久，他的胳膊已经抬不起来了。耷拉着脑袋任他们朝他身上乱砍。接着他扑通一声坐到了地上，嘴里呜呜叫着，两只滚圆的眼睛看着我。我哇哇地哭喊，那是祈求他们别再砍下去。我的身体被母亲从后面紧紧地抱住，我离开了田埂，在母亲身上摇晃着离去。我还是看到他倒下的情形，他两只乌黑的大眼睛一闭，脑袋一歪，随即倒在了地上。

他死去以后，身上的肉被瓜分了。有人给我母亲送来一块，看到肉上长长的黑毛，我立刻全身抽搐起来。此后很长时间里，我像个被吓疯了的孩子，口水常常从嘴角流出，不说话也不笑，喜欢望着树林发呆。其实我一点也没有疯，我只是难以明白母亲为何要向他砍去那一镰刀。对我来说，他比村里任何人都要来得亲切。他活活被砍死，那鲜血横流的情景让我怎么也忘不了。

那天晚上，村里刚来不久的年轻老师站在一个坡上喊叫着指责他们的行为，他说：

"那是祖先，你们砍死了祖先，你们这群不肖子孙，你们这群畜生，禽兽。"

他是我们的祖先！是我们爷爷的爷爷，而且还要一直爷爷上去，村里人谁都没说话，每家的炊烟都从屋顶升起，他们吃掉了自己的祖先。

我听不明白老师在喊什么，可我感到他是在骂人，骂他们杀死了那个友好的黑家伙。我站在门口看着他怒气冲冲地骂着，我觉得他一个人站在那里怪可怜的，便一步一步走过去，在他身旁坐下。我仰脸看着他喊叫，他每喊一句，我就点一下头。他注意到了我，突然不喊了，看了我一阵后问：

"你吃了那肉了吗？"

我摇摇头，眼泪流了出来。年轻的老师说：

"你明天到学校来上课。"

第二天黎明来到时，村里人都听到一片可怕的呜呜声。当他们跑到门口张望时，看到一群长满黑毛的宽大身体朝他们走来。于是女人们尖声呼叫，要男人们拿出火枪去射击他们。母亲不让我走到屋外，我就趴在窗口向外眺望。我看到他们全都仰着脑袋，呜呜呜叫着慢吞吞走上前来。我握紧自己的两个拳头，浑身哆嗦地看着他们走近，这时候枪声响了，有两具宽大的身体歪曲了几下倒在了地下。他们立刻停止了前进，低头看着死去的伙伴，显然他们不知道发生了什么。枪声继续响着，他们继续前行，不断有身体倒下，接连出现的牺牲使他们惊呆了，在原地站立很久，随后才缓慢地转过身去，低着脑袋一步一步很慢地往树林走去……

一九九二年四月

空中爆炸

八月的一个晚上，屋子里热浪滚滚，我和妻子在嘎嘎作响的电扇前席地而坐，我手握遥控器，将电视频道一个一个换过去，然后又一个一个换过来。我汗流浃背，心情烦躁。我的妻子倒是心安理得，她坐在那里一动不动，在她光滑的额头上我找不到一颗汗珠，她就像是一句俗话说的那样，心静自然凉。可是我不满现实，我结婚以后就开始不满现实了，我嘴里骂骂咧咧，手指敲打着遥控器，将电视屏幕变成一道道的闪电，让自己年轻的眼睛去一阵阵地老眼昏花。我咒骂夏天的炎热，我咒骂电视里的节目，我咒骂嘎嘎作响的破电扇，我咒骂刚刚吃过的晚餐，我咒骂晾在阳台上的短裤……我的妻子还是心安理得，只要我在这间屋子里，只要我和她坐在一起，我说什么样的脏话，做什么样的坏事，她都能心安理得。要是我走出这间屋子，我离开了她，她就不会这样了，她会感到不安，她会不高兴，她会喊叫和指责我，然后就是伤心和流泪了。这就是婚姻，我要和她寸步不离，这是作为丈夫的职责，直到白头到老，哀乐响起。

我的朋友唐早晨敲响了我的屋门，他用手指，用拳头，用脚，可能还用上了膝盖，总之我的屋门响成了一片。这时候我像是听到了嘹亮军号和公鸡报晓一样，我从地上腾地站起，将门打开，看到了有一年多没见的唐早晨。我叫了起来：

"唐早晨，他妈的是你。"

唐早晨穿着肥大的裤子和铁红的西服，他油头粉面，笑容古怪，他的脚抬了抬，可是没有跨进来。我说：

"你快进来。"

唐早晨小心翼翼地走进了我的屋子，他在狭窄的过道里东张西望，就像是行走在伸手不见五指的漆黑里。我知道他的眼睛是在寻找我妻子，他一年多时间没来也是因为我妻子。用我妻子的话说：唐早晨是一个混蛋。

其实唐早晨不是混蛋，他为人厚道，对朋友热情友好，他只是女人太多，所以我的妻子就说他是一个混蛋。在过去的日子里，他经常带着女人来到我家，这倒没什么，问题是他每次带来的女人都不一样，这就使我的妻子开始忐忑不安，她深信近墨者黑、近朱者赤这样的道理，她觉得我和他这么交往下去实在太危险了，准确地说是她觉得自己太危险了。她忘记了我是一个正派和本分的人，她开始经常地警告我，而且她的警告里充满了恫吓，她告诉我：如果我像唐早晨那样，那么我的今后就会灾难深重。她生动地描绘了灾难来到后的所有细节，只要她想得起来，要命的是她在这方面总是想象丰富，于是我就越来越胆小。

可是唐早晨是一个粗心大意的人，他一点都感觉不到我妻子的警惕，虽然我暗示过多次，他仍然毫无反应，这时候他又是一个迟钝的人。直到有一天，他坐在我家的沙发里，声音响亮地说：

"我看着朋友们一个一个都结婚了，先是你，然后是陈力达、方宏、李树海。你们四个人一模一样，遇上第一个女人就结婚了。我不明白你们为什么那么快就结婚了，你们为什么不多谈几次恋爱？为什么不像我这样自由自在地生活？为什么要找个女人来把自己管住，管得气都喘不过来。我现在只要想起你们，就会忍不住嘿嘿地笑，你们现在连说话都要察言观色，尤其是你，你说上两句就要去看看你的妻子，你累不累？不过你现在还来得及，好在你还没有老，你还有机会遇上别的女人，什么时候我给你介绍一个？"

这就是唐早晨，话一多就会忘乎所以。他忘了我的妻子正在厨房里炒菜，他的嗓门那么大，他说出的每一个字都被我妻子听进了耳朵。于是我妻子脸色铁青地走了出来，她用手里的油锅去推唐早晨，油锅里的油还在噼噼啪啪地跳着响着，她说：

"你出去，你出去……"

唐早晨吓得脸都歪了，他的头拼命地往后仰，两只手摸索着从沙发上移了出去，然后都来不及看我一眼，就从我家里逃之夭夭了。我没有见过如此害怕的神色，我知道他害怕的不是我妻子，是我妻子手上的油锅，里面噼噼啪啪的响声让他闻之丧胆，而且有一年多时间没再跨进我的屋门。

一年多以后，在这个八月的炎热之夜，他突然出现了，走进了我的家，看到了我的妻子。这时候我妻子已经从地上站起来了，她看到唐早晨时友好地笑了，她说：

"是你，你很久没来我们家了。"

唐早晨嘿嘿地笑，显然他想起了当初的油锅，他有些拘束地站在那里，我妻子指着地上草席说：

"你请坐。"

他看看我们铺在地上的草席，仍然站在那里。我将嘎嘎作响的电扇抬起来对着他吹，我妻子从冰箱里拿出了饮料递给他。他擦着汗水喝着饮料，还是没有坐下，我就说：

"你为什么不坐下？"

这时他脸上出现了讨好我们的笑容，然后他说：

"我不敢回家了，我遇上了麻烦。"

"什么麻烦？"我吃了一惊。

他看看我的妻子，对我说：

"我最近和一个女人……这个女人有丈夫，现在她的丈夫就守在我家楼下……"我们明白发生了什么，一个吃足了醋的丈夫此刻浑身都是力气，他要让我们的朋友唐早晨头破血流。我的妻子拿起了遥控器，她更换了两个电视频道后，就认真地看了起来。她可以置之度外，我却不能这样，毕竟唐早晨是我的朋友，我就说：

"怎么办？"

唐早晨可怜巴巴地说："你能不能陪我回去？"

我只好去看我的妻子，她坐在草席上看着电视，我希望她能够回过头来看我一眼，可是她没有这样做，我只好问她：

"我能不能陪他回家？"

我的妻子看着电视说："我不知道。"

"她说不知道，"我对唐早晨说，"这样一来，我也不知道该不该陪你回家了。"

唐早晨听到我这么说，摇起了头，他说：

"我这一路过来的时候，经过了陈力达的家，经过了方宏的家，就是到李树海的家，也比到你这里来方便。我为什么先到你这里来，你也知道，虽然我们有一年多没见面了，可我们还是最好的朋友，所以我就先来找你了，没想到你会这样，说什么不知道，干脆你就说不愿意……"

我对唐早晨说："我没有说不愿意，我只是说不知道……"

"不知道是什么意思？"唐早晨问我。

"不知道就是……"我看了看妻子，继续说，"不是我不愿意，是我妻子不愿意。她不愿意，我就一点办法都没有了。我可以跟着你走，但是我这么一走以后就没法回家了，她会把我锁在门外，不让我回家。我可以在你家里住上一天，两天，甚至一个月，可是我总得回家，我一回家就没好日子过了。你明白吗？不是我不愿意，是她不愿意……"

"我没有说不愿意，"这时我妻子说话了，她转过身来对唐早晨说,"你不要相信他的话,他现在动不动就把自己说得那么可怜,其实他在家里很霸道,什么事都要他做主,稍有不顺心的事他就要发脾气,这个月他都砸坏三个杯子了……"

我打断她的话:"我确实怕你,唐早晨可以证明。"

唐早晨连连点头:"是的,他确实怕你,这一点我们都知道。"

我妻子看着我和唐早晨笑了起来,她笑的时候,我们两个人站在那里一动不动,她笑着问唐早晨:

"有几个人守在你家楼下?"

"就一个。"唐早晨说。

"他身上有刀子吗?"我妻子继续问。

"没有。"唐早晨回答。

"你怎么知道没有?他会把刀子藏在衣服里面。"

"不可能,"唐早晨说,"他就穿着一件汗衫,下面是短裤,没法藏刀子。"

我妻子放心了,她对我说:"你早点回来。"

我马上点起头,我说:"我快去快回。"

唐早晨显然是喜出望外了,他不是转身就走,而是站在那里滔滔不绝地说了起来,他对我妻子说:

"我早就知道你会这样的,要不我就不会先来你们家了。我想来想去,我这几个朋友的妻子里面,你最通情达理。方宏的妻子阴阳怪气的,陈力达的妻子是个泼妇,李树海的妻子总喜欢教训别人,就是你最通情达理,你最好……"

说着唐早晨转过头来对我说:"你小子运气真是好。"

我心想唐早晨要是再这么废话连篇，我妻子说不定会改变主意了，我就踢了他一脚。我把他踢疼了，他"嗷"地叫出了半声，马上明白我的意思，立刻对我妻子说：

"我们走了。"

我们刚走到门外，我妻子就叫住了我，我以为她改变主意了，结果她悄悄地对我说：

"你别走在前面，你跟在他们后面。"

我连连点头："我知道了。"

离开我家以后，我和唐早晨先去了李树海的家，就像唐早晨说的那样，李树海的妻子把唐早晨教训了一通。那时候她刚洗了澡，她坐在电扇前梳着头，梳下来的水珠像是唾沫似的被电扇吹到了唐早晨的脸上，让唐早晨不时地伸手去擦一把脸。李树海的妻子说：

"我早就说过了，你再这样下去，总有一天会被人家打断腿的。李树海，我是不是早就说过了？"

我们的朋友李树海一声不吭地坐在那里，听到妻子用这种口气说他的朋友，让他很难堪，但他还是微微地点了点头。他的妻子往下说道：

"唐早晨你这个人不算坏，其实你就是一个色鬼，你要是和没结婚的姑娘交往也还说得过去，你去勾引人家的妻子，那你就太缺德了，本来人家的生活很美满，被你这么一插进去，人家的幸福马上就变成了痛苦，好端端的一个家庭被你拆散了，要是有孩子的话，孩子就更可怜了。你想一想，你要是勾引了我，李树海会有多痛苦，李树海你说对不对？"

她的现身说法让李树海坐立不安，可是她全然不觉，她继续说：

"你经常这样，把自己的幸福建立在别人的痛苦之上，可是总有一天你会得到报应的，别人会把你打死的，像你这样的人，就是被人打死了，也没人会来同情你。你记住我的话，你要是再不改掉你好色的毛病，你会倒霉的。现在已经有人守在你家楼下了，是不是？"

唐早晨点着头说："是，是，你说得很对，我最近手气不好，搞了几个女人，都他妈的有男人来找麻烦。"

然后我和唐早晨，还有李树海来到了方宏的家，我们三个人坐在方宏家的客厅里，吃着方宏从冰箱里拿出来的冰棍，看着方宏光着膀子走进了卧室，然后听到里面一男一女窃窃私语的声音。我们知道方宏是在告诉他的妻子发生了什么，接下去就是说服他的妻子，让他在这个炎热的夏日之夜暂时离家，去助唐早晨一臂之力。

卧室的门虚掩着，留着一条比手指粗一些的缝，我们看到里面的灯光要比客厅的暗淡，我们听到他们两个人的声音此起彼伏，他们都在使劲压制着自己的声音，所以我们听到的仿佛不是声音，仿佛是他们两个人呼哧呼哧的喘气声。

我们吃完了冰棍，我们看着电扇的头摇过来摇过去，让热乎乎的风吹在我们出汗的身上，我们三个人互相看着，互相笑一笑，再站起来走两步，又坐下。我们等了很长时间，方宏终于出来了，他小心翼翼地将卧室的门关上，然后满脸严肃地站在那里，把一件白色的汗衫从脖子上套了进去，将汗衫拉直以后，他对我们说：

"走吧。"

现在我们有四个人了，我们汗流浃背地走到了陈力达的楼下，陈力达的家在第六层，也就是这幢楼房的顶层。我们四个人仰起脸站在嘈杂的街道上，周围坐满了纳凉的人，我们看到陈力达家中的灯光，我们喊了起来：

"陈力达，陈力达，陈力达。"

陈力达出现在了阳台上，他的脑袋伸出来看我们，他说：

"谁叫我？"

"我们。"我们说。

"谁？"

我说："是李树海、方宏、唐早晨，还有我。"

"他妈的，是你们啊？"陈力达在上面高兴地叫了起来，他说，"你们快上来。"

"我们不上来啦。"我们说，"你住得太高啦，还是你下来吧。"

这时我们听到一个女人的声音在上面响了起来：

"下来干什么？"

我们仔细一看，陈力达的妻子也在阳台上了，她用手指着我们说："你们来干什么？"

我说："唐早晨遇上麻烦了，我们几个朋友要帮助他，让陈力达下来。"

陈力达的妻子说:"唐早晨遇到什么麻烦了?"

李树海说:"有一个人守在他家的楼下,准备要他的命。"

陈力达的妻子说:"那个人为什么要他的命?"

方宏说:"唐早晨和那个人的妻子好上了……"

"我知道啦,"陈力达的妻子说,"唐早晨的老毛病又犯了,所以人家要来杀唐早晨了。"

"对。"我们说。

"没那么严重。"唐早晨说。

陈力达的妻子在上面问:"唐早晨这一次勾引上的女人叫什么名字?"

我们就去问唐早晨:"是哪个女人?"

唐早晨说:"你们别这么喊来喊去的,让那么多人听到,没看到他们都在笑吗?把我搞得臭名昭著。"

陈力达的妻子问:"唐早晨在说些什么?"

我说:"他让我们别再这么喊来喊去了,要不他就会臭名昭著了。"

"他早就臭名昭著了。"陈力达的妻子在上面喊道。

"是啊,"我们同意她的话,我们对唐早晨说,"其实你早就臭名昭著了。"

"他妈的。"唐早晨骂了一声。

"他又说了什么?"陈力达的妻子又问。

"他说你说得对。"我们回答。

就这样,唐早晨的朋友们总算是到齐了,在这个八月的夜晚，气温高达三十四摄氏度，五个人走在了仍然发热的街道上，向唐早晨的家走去。在路上，我们问唐早晨守在他家楼下的男人是谁，他说他不认识。我们又问他这个男人的妻子是谁，他说我们不认识。我们最后问他："你是怎么和那个有夫之妇勾搭上的？"他说：

"这还用问，不就是先认识后上床嘛。"

"就这么简单？"我们问。

唐早晨对我们的提问显得不屑一顾，他说：

"你们就是把这种事想得太复杂了，所以你们一辈子只配和一个女人睡觉。"

然后我们在一家商店的门口，喝起了冰镇的饮料。我们商量着如何对付那个悲愤的丈夫：李树海说不用理睬他，我们四个人只要把唐早晨送到家，让他知道唐早晨有我们这样四个朋友，他以后就不敢轻举妄动了；方宏认为还是应该和他说几句话，让他明白找唐早晨其实没有意思，他应该去找自己的妻子算账；我说如果打起来的话，我们怎么办？陈力达说如果打起来了，我们站在一边替唐早晨助威就行了。陈力达觉得有我们四个人撑腰，唐早晨有绝对获胜的把握。

我们议论纷纷的时候，唐早晨一言不发，当我们去征求他的意见时，才发现他正在向一个漂亮姑娘暗送秋波。我们的话，他一句都没有听进去。我们看到唐早晨眼睛闪闪发亮，在他右侧两米远的地方，一个秀发披肩的姑娘也在喝着饮料，这个姑娘穿着黑色的背心和碎花的长裙。我们看着她时，她有两次转过头来看看我们，当然也去看了看唐早晨，她的目光显得漫不经心。她喝完饮料以后，将可乐瓶往柜台上一放，转身向前走去了。她转身时的姿态确实很优美。我们看着她走上了街道，然后我们吃惊地看到唐早晨跟在了她的身后，唐早晨也走去了。我们不由叫了起来：

"唐早晨……"

唐早晨回过身来，向我们嘿嘿一笑，接着紧随着那个漂亮姑娘走去了。

我们瞠目结舌，我们知道他要去追求新的幸福了。可是现在是什么时候？一个满腔怒火的男人正守在他家楼下，这个男人正咬牙切齿地要置他于死地。他把我们从家里叫出来，让我们走得汗流浃背，让我们保护他回家，他自己却忘记了这一切，把我们扔在一家商店的门前，不辞而别了。

于是我们破口大骂，我们骂他不可救药，我们骂他是一个混蛋王八蛋，我们骂他不得好死，我们骂他总有一天会染上梅毒，会被梅毒烂掉。同时我们发誓以后再不管他的闲事了，他就是被人打断了腿，被人揍瞎了眼睛，被人阉割了，我们也都视而不见。

我们骂得大汗淋漓，骂得没有了力气，然后才安静下来。我们站在那里，互相看来看去，看了一会儿，我们开始想接下去干什么。我问他们：

"是不是各自回家了？"

他们谁都没有回答，我突然发现自己的提议十分愚蠢，我立刻纠正道：

"不，我们现在不回家。"

他们三个人也马上明白了我的意思，他们说：

"对，我们不忙着回家。"

我们都想起来了，我们已经有几年时间没有聚到一起了，如果不是因为唐早晨，我们的妻子是不会让我们出来的，我们都突然发现了这样的机会来之不易，然后我们都看到了街道对面有一家小酒店，我们就走了过去。

这一天晚上，我们终于又在一起喝上酒了，我们没完没了地说话，我们忘记了时间的流逝，我们谁都不想回家。我们一遍又一遍地回忆着过去，回忆着那些没有女人来打扰的日子。那时候是多么美好，我们唱着歌在大街上没完没了地走；我们对着那些漂亮姑娘说着下流的话；我们将街上的路灯一个一个地消灭掉；我们在深更半夜去敲响一扇扇的门，等他们起床开门时，我们已经逃之夭夭；我们把自己关在门窗紧闭的屋子里，使劲地抽烟，让烟雾越来越浓，直到看不清对方的脸。我们不知道干了多少坏事，我们不知道把自己的肚子笑疼了多少回。我们还把所有的钱都凑起来，全部买了啤酒，我们将一个喝空了的酒瓶扔向天空，然后又将另一个空酒瓶扔上去，让两个酒瓶在空中相撞，在空中破碎，让碎玻璃像冰雹一样掉下来。我们把这种游戏叫作空中爆炸。

一九九五年十二月十七日

蹦蹦跳跳的游戏

在街头的一家专卖食品和水果的小店里，有一张疲惫苍老的脸，长年累月和饼干、方便面、糖果、香烟、饮料们在一起，像是贴在墙上的陈旧的年历画，这张脸的下面有身体和四肢，还有一个叫林德顺的姓名。

现在，林德顺坐在轮椅里，透过前面打开的小小窗口，看着外面的街道。一对年轻的夫妇站在街对面的人行道上，他们都是侧身而立，他们中间有一个六七岁的小男孩，男孩穿着很厚的羽绒服、戴着红色的帽子，脖子上扎着同样红色的围巾。现在正是春暖花开的季节，男孩却是一身寒冬的打扮。

他们三个人站在街道的对面，也就是一家医院的大门口，他们安静地站在嘈杂进出的人群中间。作为父亲的那个男人双手插在口袋里，侧着脸始终望着大门里面的医院，他的妻子右手拉着孩子的手，和他一样专注地望着医院，只有那个男孩望着大街，他的手被母亲拉着，所以他的身体斜在那里，男孩的眼睛热爱着街道，他的头颅不停地摇摆着，他的手臂也时常举起来指点着什么，显然他还在向他的父母讲述，可是他的父母站在那里一动不动。

过了一会儿，男孩的父母迎向了医院的大门，林德顺看到一个胖胖的护士和他们走到了一起，站住脚以后，他们开始说话了。男孩的身体仍然斜着，他仍然在欢欣地注视着街道。

那个护士说完话以后，转身回到了医院里面，男孩的父母这时候转过身来了，他们拉着儿子的手小心翼翼地走过街道，来到了林德顺小店的近旁。父亲松开儿子的手，走到林德顺的窗口，向里面张望。林德顺看到一张满是胡子楂的脸，一双缺少睡眠的眼睛已经浮肿了，白衬衣的领子变黑。林德顺问他：

"买什么？"

他看着眼皮底下的橘子说："给我一个橘子。"

"一个橘子？"林德顺以为自己听错了。

他伸手拿了一个橘子："多少钱？"

林德顺想了想后说："给两毛钱吧。"

他的一只手递进来了两毛钱，林德顺看到他袖管里掉出了几个毛衣的线头来。

当这位父亲买了一个橘子转回身去时，看到那边母子两人正手拉着手，在人行道上玩着游戏，儿子要去踩母亲的脚，母亲则一次次地躲开儿子的脚，母亲说：

"你踩不着，你踩不着……"

儿子说："我能踩着，我能踩着……"

这位父亲就拿着橘子站在一旁，看着他们蹦蹦跳跳地玩着游戏，直到儿子终于踩到了母亲的脚，儿子发出胜利的喊叫：

"我踩着啦！"

父亲才说："快吃橘子。"

林德顺看清了男孩的脸，当男孩仰起脸来从父亲手中接过橘子的时候，林德顺看到了一双乌黑发亮的眼睛，可是男孩的脸却是苍白得有些吓人，连嘴唇都几乎是苍白的。

然后，他们又像刚才在街道对面时一样安静了，男孩剥去了橘子皮，吃着橘子在父母中间走去了。

林德顺知道他们是送孩子来住院的，今天医院没有空出来的床位，所以他们就回家了。

第二天上午，林德顺又看到了他们，还像昨天一样站在医院的大门口，不同的是这次只有父亲一个人在向医院里面张望，母亲和儿子手拉着手，正高高兴兴地玩着那个蹦蹦跳跳的游戏。隔着街道，林德顺听到母子两人的喊叫：

"你踩不着，你踩不着……"

"我能踩着，我能踩着……"

母亲和儿子的声音里充满了欢乐，仿佛不是在医院的门口，而是在公园的草坪上。男孩的声音清脆欲滴，在医院门口人群的杂声里，在街道上车辆的喧嚣里脱颖而出：

"我能踩着，我能踩着……"

接着，昨天那个胖护士走了出来，于是这蹦蹦跳跳的游戏结束了，父母和孩子跟随着那个护士走进了医院。

大约过了一个星期，也是上午，林德顺看到这一对年轻的夫妇从医院里走了出来，两个人走得很慢，丈夫搂着妻子的肩膀，妻子将头靠在丈夫的肩上，他们很慢很安静地走过了街道，来到林德顺的小店前，然后站住脚，丈夫松开搂住妻子的手，走到小店的窗口，将满是胡子楂的脸框在窗口，向里面看着。林德顺问他：

"买一个橘子？"

他说："给我一个面包。"

林德顺给了他一个面包，接过他手中的钱以后，林德顺问了他一句：

"孩子好吗？"

这时候他已经转过身去了，听到林德顺的话后，他一下子转回脸来，看着林德顺：

"孩子？"

他把林德顺看了一会儿后，轻声说：

"孩子死了。"

然后他走到妻子面前，将面包给她：

"你吃一口。"

他的妻子低着头，像是看着自己的脚，披散下来的头发遮住了她的脸，她摇摇头说：

"我不想吃。"

"你还是吃一口吧。"她的丈夫继续这样说。

"我不吃，"她还是摇头，她说，"你吃吧。"

他犹豫了一会儿后，笨拙地咬了一口面包，然后他向妻子伸过去了手，他的妻子顺从地将头靠到了他的肩上，他搂住了她的肩膀，两个人很慢很安静地向西走去。

林德顺看不到他们了，小店里的食品挡住了他的视线，他就继续看着对面医院的大门，他感到天空有些暗下来了，他抬了抬头，他知道快要下雨了。他不喜欢下雨，他就是在一个下雨的日子里倒霉的。很多年以前的一个晚上，在滴滴答答的雨声里，他抱着一件大衣，上楼去关窗户，走到楼梯中间时突然腿一软，接着就是永久地瘫痪了。现在，他坐在轮椅上。

一九九五年十二月十七日

为什么没有音乐

我的朋友马儿在午餐或者晚餐来到的时候，基本上是这样的：微张着嘴来到桌前，他的张嘴与笑容没有关系，弯腰在椅子里坐下，然后低下头去，将头低到与桌面平行的位置，他开始吃了，咀嚼的声音很小，可是将食物往嘴里送的速度很快，一直到吃完，他才会抬起头来，否则他不会破坏头颅与桌面的平行，就是和他说话，他也是低着头回答。

　　所以，当马儿吃饭的时候，我们都称他是进餐，进餐是一个很正规的词儿，要穿着合适的衣服，坐到合适的桌前，然后还要用合适的方式将该吃的吃下去，总之这是很有讲究的。而吃饭，吃饭这个词儿实在是太马虎了，可以坐在桌前吃，也可以坐在门口吃，还可以端着碗跑到邻居家去吃，我们小的时候经常这样。有时候我们还端着碗走进厕所，一边拉屎一边吃饭。

　　马儿从来都不是吃饭，他一直都是进餐。自从我认识他，那时候我们都才只有十岁，他就开始进餐了，他吃的时候就像写作文一样认真了。他低着头，那时候他的头颅就已经和桌面平行了，他兢兢业业地吃着，入迷地吃着，吃完以后，他手中的碗像是洗过似的干净，面前的桌子像是已经擦过了，盘中的鱼骨鱼刺仍然像一条鱼似的躺在那里。

这就是马儿。我们总是匆匆忙忙地走在路上，仿佛总是要去赶火车，可是对马儿来说，走在路上的时候，从来就不是赶路，他从来就是散步，双手插在裤袋里，凝视前方，从容不迫地走着。这就是他，做什么事都不慌不忙，同时也是一丝不苟，就是说话也字字清晰，语速均匀，而且十分讲究修辞。

马儿洁身自好，到了二十六岁的时候，他认识了我们都已经认识了的吕媛。我们坐在一起吃饭，是我们把吕媛请来的，吕媛还带来了另外两个年轻女子，我们这边有五个男人，我们都在心里打着她们的主意，而她们，也就是那三个年轻女子，也都在心里挑选着我们。就这样，我们吃着饭，高谈阔论，嘻嘻哈哈，一个个都使足了劲来表现自己，男的词语滔滔，女的搔首弄姿。

只有马儿一声不吭，因为他正在认真地进餐，他的头正与桌面平行着，他脸上挂着淡淡的笑容，听着我们又说又笑。那天晚上他只说了几句话，就是进的餐也很少，只是吃了六只虾，喝了一杯啤酒。

我们很快就忘了他。刚开始我们偶尔还看他一眼，看到他慢吞吞地喝上一口啤酒，过了一会儿看到他用筷子夹起一只虾放进嘴里，再过一会儿我们看到他鼓起两腮蠕动着嘴，然后我们就不再看他了。就在我们完全把他忘记以后，吕媛突然发出了一声惊叫，我们看到吕媛睁圆了眼睛，还看到她伸出手指，指着马儿桌前，于是我们看到马儿桌前并排放着五只大小不一的虾，我们看到透明的虾壳在灯光下闪闪发亮，虾壳里面的肉已经被马儿吃干净了。这时候另外两个女的也失声惊叫起来。

接下去我们看到马儿夹起了那天晚上最后的一只虾。他的手臂伸过去的时候，差不多和他低着的头一样高了，他手中的筷子夹住了虾以后，胳膊肘一弯，那动作像是虾钳一样迅速，然后他把虾放进了自己的嘴中。

这一次他抬起了头，平静地看着惊讶的我们。他的嘴唇闭上后，两腮就鼓了出来，接着他的嘴巴就像是十二指肠似的蠕动了起来，脖子上的喉结明快地一上一下。大约五分钟以后，我们看到他鼓起的两腮突然被吸进去了。与此同时，喉结被提上去后就停留在了那里。显然他正在吞咽，他看上去神色凝重，并且小心翼翼。

随后，我们看到他的喉结滑了下来，接着嘴巴也张开了，于是让我们目瞪口呆的时候来了，我们清清楚楚地看着他从嘴里拿出了一只完整无损的虾，重要的是里面的虾肉已经被他吞咽下去了。他将完整的却没有肉的虾放到了桌上，和另外五只同样的虾整齐地放在了一起。那三个年轻女子又是一连串的惊叫。

后来，也就是半年以后，吕媛成为马儿的妻子。当时在座的另外两位女子也结婚了，她们嫁给了我们谁都不认识的两个男人。

吕媛与马儿结婚以后，就将马儿和我们分开了。当我们再度坐到一起吃饭的时候，已经没有了进餐的马儿。说实话，我们有些不习惯，我们开始意识到桌子另一端的那两条平行线是多么有趣，马儿的头和桌子的面，它们之间始终不变的距离就像码头和海岸一样。有时候，当马儿坐在窗前，阳光又从窗外照射进来的时候，我们看到马儿的头在桌面上有了它的兄弟，黑乎乎的影子从扁圆开始，随着阳光的移动，慢慢地变成了细细的一条，这样又长又细的头颅我们谁都没有见过，就是在漫画里我们也找不到。还有一次，我们坐在一间昏暗的屋子里，一盏昏暗的灯又挂得很低，那一次我站起来时头撞在了灯上，我的头顶是又疼又烫，而那盏灯开始了剧烈的摇晃，于是马儿头的影子也在桌面上摇晃起来，既迅速又夸张，而且足足摇晃了两分钟，这桌上的影子将马儿一辈子的摇头都完成了。

　　马儿结婚以后，只有郭滨一个人与马儿保持着断断续续的联系。他经常在傍晚的时候，穿上灰色的风衣，双手插在口袋里，走在城里最长的街道上，从这一端走到了另一端，然后来到马儿的门前，弯起长长的手指，敲响了马儿的屋门。

　　郭滨告诉他的朋友们，马儿的新居所散发出来的全是吕媛的气息，从卧室到客厅，墙上挂满了吕媛的特写。这些照片的历史是从满月开始，一直到现在，总共有二十三张。其中只有三张照片里有马儿的微笑，而且旁边还有吕媛更为迷人的笑容，郭滨说："如果不仔细看，你们是不会注意马儿的。"

郭滨继续告诉他的朋友们，马儿屋中的家具是在白色的基础上闪着粉红的亮光，地毯是米黄的颜色，墙壁也是米黄，就是马儿的衣服，他结婚以后购买的衣服也都有着米黄的基调，郭滨认为这都是吕媛的爱好和主意，郭滨问他的朋友："你们以前看到过马儿穿米黄衣服吗？"

　　"没有，"他自己先回答，接着又说，"马儿穿上那些米黄色的衣服以后，看上去胖了，也比过去白了一些。"

　　郭滨说马儿的家就像是一个单身女子的宿舍，里面摆满了各类小玩意儿，从书架到柜子，全是小动物，有绒布做的，也有玻璃做的，还有竹编的。就是在床上，也还放着一只胖大的绒布黑熊。而属于马儿的，哪怕是他的一支笔也无法在桌子上找到，只有当他的衣服挂在阳台上还没有晾干的时候，才能在他的家中看到属于他的一丝痕迹。说到马儿床上那只绒布黑熊时，郭滨不由得笑了笑，问他的朋友，同时也问自己："难道吕媛出嫁以后仍然是抱着黑熊睡觉？"

　　随着时间的流逝，郭滨对马儿家中的了解也逐步地深入，他吹嘘说就是闭上眼睛在马儿家中走上半个小时，也不会碰到一把椅子。而且，他说他知道马儿家中物件的分布，什么柜子放什么东西，什么东西在什么地方，只要他的朋友们有兴趣，他就可以让他们知道。

　　他说："他们床头的那个柜子，里面有一个抽屉，抽屉里放着他们两个人的全部证件和他们全部的银行存折，抽屉是上了锁的。抽屉的下面叠着吕媛的短裤和乳罩，还有袜子和围巾。"

至于马儿的短裤、袜子和围巾，则没有单独的地方，它们和马儿的全部衣服，冬天的、夏天的和春秋的衣服堆在一个衣柜里，而且是在一格里面。有一次，郭滨看到马儿为了寻找一件汗衫所付出的艰辛劳动，他就像是在一堆破烂里挑选着破烂一样，先是将头插进柜子，然后他的肩膀也跟着进去了，半个小时以后，他出来了，手里只是拿着一条短裤，他将短裤扔在地毯上，接着将自己所有的衣服都抱出来放在地毯上，地毯上像是堆起了一座小山，他跪在那座小山前，又是半个小时，他终于找到了自己的汗衫。

郭滨表示，他已经非常了解马儿和吕媛之间的微妙关系。他们之间的关系不是你们所能想象的，他这样对他的朋友们说。为了使自己的话更为真实可信，他开始举例说明。

郭滨举例的时候，正坐在椅子里，他站起来走到门前，然后转过身来，看着他的三个朋友，他说了。

他说就是在前天，当他走到马儿家的门前，举起手准备敲门的时候，听到里面有哭泣的声音，哭声很低，很细，每一声都拉得很长，让他感到里面有着催人泪下的悲伤。于是他举起的手又放下了。他在马儿的门外站了很久，一直到哭声低下去，低到听不到。这期间，他在心里反复想着吕媛为什么要哭？是什么事使她如此悲伤？是不是马儿伤害了她？可是他没有听到马儿对她的斥骂，就是说话的声音也没有。

后来，也就是哭声消失了一段时间后，郭滨心想吕媛应该擦干眼泪了，他就再次举起手敲响了他们的屋门。来开门的是马儿，让郭滨吃惊的是，马儿的眼中泪光闪闪，而吕媛则手握遥控器，很舒服地靠在沙发里看着电视。他才知道刚才哭泣的不是吕媛，而是马儿。

你们明白了吗？郭滨微笑着问他的朋友，然后他走回到自己的椅子前，很舒服地坐了下去。

这一天，也就是一九九六年六月三十日的下午，马儿来到了郭滨家中。他的妻子吕媛在这一天去了上海，一星期以后才能回来，于是独自一人的马儿就想到了郭滨，因为郭滨有着丰富的录像带收藏，马儿准备借几盒录像带回家，从而装饰一下独自一人时的生活。

马儿来到的时候，郭滨正在午睡，他穿着三角短裤走到门前，给马儿开了门。他看到马儿的第一个动作就是将嘴巴缓慢地张开来，打出一个缓慢的哈欠，然后眼泪汪汪地问马儿："吕媛走了？"

马儿有些奇怪，心想他怎么会知道吕媛出差了，就问他："你怎么知道吕媛走了？"

郭滨伸手擦着眼泪回答："你告诉我的。"

"我什么时候告诉你的？"马儿想不起来了。

"那就是吕媛告诉我的。"郭滨说。

郭滨说着走进了卫生间，他没有关上门就撒尿了。马儿在沙发里坐了下来，看着卫生间里的郭滨"啊啊啊啊"地打着哈欠，随后一只手又擦起了眼泪，另一只手拉了一下抽水马桶的绳子，在"哗哗"响起的流水声里，郭滨走出了卫生间，他走到马儿的沙发前，犹豫了一下后，又转身躺在床上，然后侧身看着马儿。

马儿看到阳台旁的墙角架着一台手掌摄像机，他问郭滨："这是谁的摄像机？"

郭滨说："我的，一个月前买的。"

马儿点点头，过了会他说："我想借几盒录像带。"

郭滨问他："你是要暴力的，还是要言情的？"

马儿想了想后说："都要。"

"你自己去拿吧。"郭滨说。

接着郭滨又告诉马儿：暴力片在书柜的第三格和第四格，言情片在第五格里面，还有第六格的右侧。郭滨在和马儿说话的过程里，始终用手挖着自己的眼屎，同时还打着哈欠。

马儿走到书柜前，将眼睛凑上去，仔细看了一会儿，在第三格和第五格里都取出一盒录像带。他将两盒录像带拿在手里，转过身去时，看到郭滨的眼睛已经闭上了，他迟疑了一下后，轻声说道："我拿了两盒。"

郭滨的眼睛睁了开来，他撑起了身体，然后歪着头坐在床上。马儿对他说："你睡吧，我走了。"

这时候郭滨的脸上出现了笑容，他的笑容越来越古怪，然后他问马儿："你想不想看色情片？"

马儿的脸上也出现了笑容，郭滨一下子就跳下了床，跪在地上从床下拖出了一只箱子，打开箱子后，马儿看到了半箱的录像带。郭滨得意地告诉他："全是色情片。"

接着郭滨问马儿："你要港台的，还是外国的？"

"我不知道。"马儿回答。

郭滨站了起来，看到马儿不知所措，就拍拍他的肩膀说："你自己拿一盒吧，随便拿一盒。"

马儿随便地拿了一盒。这天晚上，马儿一个人躺在床上，先是看了那部让他眼泪汪汪的言情片，接着看了那部让他毛骨悚然的暴力片。最后，他决定看色情片了。

他将录像带插进了已经发烫的录像机，趁着倒带的间隙，他上了卫生间。当他从卫生间出来时，录像带已经倒完，开始自动放映了，他看到电视上一片雪花，雪花闪了几分钟后，画面出现了，一个女人赤身裸体地躺在床上，她的脸埋在松软的枕头里，两条腿曲起后架在一起。一个男人的一条胳膊在画面的左侧甩动了起来，接着出现了和胳膊连起来的肩膀，然后是整个背部，马儿看到了一个男人向着床走去，走到了床边，那个男人向前伸出了手，两条腿一前一后地向上一弯，他使用自己的膝盖爬到了床上，随后他将那个女人架在一起的腿分开，他的身体叠了上去。

马儿听到了一声轻微的"嗯"，接着看到男人的身体在女人的身体上移动起来。马儿注意到了男人抖动的屁股，像是被冻坏了似的在抖动。马儿听到了男人的喘息声，这时候女人的"嗯嗯"声接二连三地来到了。接下去画面没有变化，床上叠在一起的两个身体在抖动里出现了一些轻微的摇晃。就这样，单调的画面持续了一会儿，马儿听到了他们的叫声。随后，重叠的两具身体都静止了，仿佛一下子死了似的。过了一会儿，男人的身体出现了一个翻身，他下来了，于是马儿听到了那个女人撒娇地"嗯"了很长的一声。翻身下来的男人跪在床上，背对着镜头，低头在做着什么。

马儿意识到他们的工作已经结束，可是……马儿在心里想："为什么没有音乐？"

他觉得很奇怪，心想："难道色情片都没有音乐？"

这时那个男人又躺了下去，和那个女人并肩躺着，两个人跷起脚，共同将一条毯子扯过去，把两具光着的身体盖住了。

马儿听到男人问："怎么样？"

女人说："好极了。"

沉默了一会儿，男人突然提到了马儿的名字，让马儿吃了一惊。马儿听到他说："我比马儿强吧？"

女人说："强多了。"

马儿正在疑惑自己是不是听错了，那个男人又一次说出了他的名字。那个男人说："马儿是怎么干的？"

"讨厌。"女人打了男人一下说，"我不是告诉过你吗？"

男人说："我还想听一遍。"

女人这时笑了起来，笑了一会儿后她说："他一动不动。"

"怎么一动不动？"男人问。

"真讨厌。"女人笑着说。

男人继续问："怎么一动不动？"

"他进来后就一动不动了……你真是讨厌。"女人又挥手打了男人一下。

"他的身体在什么地方？"男人问。

"他的身体压着我，他一动不动地压着我，压得我气都喘不过来……行了吧？"女人说。

"他这么一动不动地把你压多长时间？"男人问。

"有时候长，有时候短，有几次他压着我睡着了。"女人说。

"他睡着了你怎么办？"男人问。

女人说："我使劲翻一个身把他推下去……行了吧？"

两个人都哈哈大笑起来，笑了一阵后，那个男人突然坐了起来，脸对着镜头下了床，男人说："我们看看自己的录像。"

马儿在走过来的男人那里，认出了郭滨的脸。在郭滨的后面，那个女人坐起来后，马儿看到了吕媛的笑容。

一个星期以后，吕媛回到了家中，她推门而进的时候，看到阳台前的桌旁坐着马儿，马儿正在进餐。吕媛自然就看到了两条平行线，她还看到一碗热气腾腾的面条把马儿的脸蒸得通红，她将自己的手提包扔进了沙发，然后对马儿说："去把皮箱提上来。"

马儿抬头看了她一眼，然后继续进餐。吕媛走进了厨房，打开水龙头往自己的脸上泼水。泼上水以后，她开始用手掌轻轻拍打自己的脸。拍打了一会儿，她从架子上拿下洗面奶，仔细地洗起了自己的脸。当她洗完脸走回到客厅时，马儿仍然在一丝不苟地进着餐，她环顾四周后没有看到自己的皮箱，就问马儿："我的皮箱呢？"

马儿继续进餐，这一回头都没有抬一下。吕媛继续说："我的皮箱呢？"

马儿还是没有回答，吕媛的声音一下子响亮起来，她冲着马儿喊叫道："你给我下楼去！"

马儿抬起了头，从桌上的餐巾盒里抽出一张餐巾纸，很斯文地擦了擦嘴，然后问吕媛："你为什么要说我一动不动？"

怒气冲冲的吕媛没有准备去听这样一句话，所以她没有反应过来，她仍然强硬地说："去把皮箱提上来！"

马儿继续问她："你为什么说我一动不动？"

吕媛开始意识到出了什么事，她不再喊叫，而是眼睛发直地看着马儿。她看到马儿又抽出了一张餐巾纸，很斯文地擦起了额上的汗，马儿说："其实我还是动了……"

马儿停顿了一下后又说："到了关键的时候，我还是动的。"

说完后，马儿低下了头，去进行他最后两口面条的进餐。吕媛悄无声息地走进卧室，她在卧室的床上坐了一段时间后，又悄无声息地下了楼，自己将皮箱提了上来。

后来，什么事都没有发生。我的朋友马儿没有把那三盒录像带还给郭滨，郭滨也没有向马儿提起。在后来的日子里，有时候郭滨依然穿上灰色的风衣，双手插在口袋里，走完城里那条最长的街道，来到马儿的屋门前，弯起长长的手指敲响马儿的屋门。

一九九六年九月五日

我为什么要结婚

我决定去看望两个朋友的时候，正和母亲一起整理新家的厨房，我的父亲在他的书房里一声一声地叫我，要我去帮他整理那一大堆发黄的书籍。我是他们唯一的儿子，厨房需要我，书房也需要我，他们两个人都需要我，可是我只有一个人，我说：

　　"你们拿一把菜刀把我劈成两半吧。"

　　我的母亲说："你把这一箱不用的餐具放上去。"

　　我的父亲在书房里说："你来帮我移动一下书柜。"

　　我嘴里说着："你们拿一把菜刀把我劈成两半吧。"先替母亲把不用的餐具放了上去，又帮着父亲移动书柜。移完书柜，我就属于父亲了。他拉住我，要我把他整理好的书籍一排一排地放到书架上。我的母亲在厨房里叫我了，要我把刚才放上去的那一箱不用的餐具再搬下来，她发现有一把每天都要用的勺子找不着了，她说会不会放在那一箱不用的餐具里面，而这时候父亲又把一摞书籍递给了我，我说：

"你们拿一把菜刀把我劈成两半吧。"

然后我发现他们谁也没有把我这句话听进去，我把这句话说了好几遍，到头来只有我一个人听进去了。这时候我打算离开了，我心想不能再这么混下去了，我们从原先那个家搬到这个新的家里来，都有一个星期了，我每天都在这里整理、整理的，满屋子都是油漆味和灰尘在扬起来。我才二十四岁，可我这一个星期过得像个忙忙碌碌的中年人一样，我不能和自己的青春分开得太久，于是我就站到厨房和书房的中间，我对我的父母说：

"我不能帮你们了，我有事要出去一下。"

这句话他们听进去了，我的父亲站到了书房门口，他问：

"什么事？"

我说："当然是很重要的事。"

我一下子还找不到有力的理由，我只能这么含糊其词地说。我父亲向前走了一步，跨出了他的书房，他继续问：

"什么事这么重要？"

我挥了挥手，继续含糊其词地说："反正很重要。"

这时我母亲说："你是想溜掉吧？"

然后我母亲对我父亲说："他是想溜掉。他从小就会来这一手，他每次吃完饭就要上厕所，一去就是一两个小时，为什么？就是为了逃避洗碗。"

我说："这和上厕所没有关系。"

我父亲笑着说："你告诉我，你有什么事？你去找谁？"

我一下子还真不知道该怎么说，好在我母亲这时候糊涂了，她忘了刚才自己的话，她脱口说道：

"他会去找谁？除了沈天祥、王飞、陈力庆、林孟这几个人，还会有谁？"

我就顺水推舟地说："我还真是要去找林孟。"

"找他干什么？"我父亲没有糊涂，他继续穷追不舍。

我就随口说起来："林孟结婚了，他的妻子叫萍萍……"

"他们三年前就结婚了。"我父亲说。

"是的，"我说，"问题是三年来他们一直很好，可是现在出事了……"

"什么事？"我父亲问。

"什么事？"我想了想说，"还不是夫妻之间的那些事……"

"夫妻之间的什么事？"我父亲仍然没有放过我，这时我母亲出来说话了，她说：

"还不是吵架的事。"

"就是吵架了。"我立刻说。

"他们夫妻之间吵架，和你有什么关系？"我父亲说着抓住了我的袖管，要把我往书房里拉，我拒绝进父亲的书房，我说：

"他们打起来了……"

我父亲松开了手，和我的母亲一起看着我，这时候我突然才华横溢了，我滔滔不绝地说了起来：

"先是林孟打了萍萍一记耳光，萍萍扑过去在林孟的胳膊上咬了一大口，把林孟的衣服都咬破了，衣服里面的肉肯定也倒霉了，萍萍的那两颗虎牙比刺刀还锋利，她那一口咬上去，足足咬了三分钟，把林孟疼得杀猪似的叫了三分钟，三分钟以后林孟对着萍萍一拳再加上一脚，拳头打在萍萍的脸上，脚踢在萍萍的腿上，萍萍疼得扑在沙发上十来分钟说不出话来，接下去萍萍完全是个泼妇了，她抓住什么就往林孟扔去，萍萍那样子像是疯了，这时林孟反而有些害怕了，萍萍将一把椅子砸在林孟腰上时，其实不怎么疼，林孟装出一副疼得昏过去的样子，手捂着腰倒在沙发上，他以为这样一来萍萍就会心疼他了，就会住手了，就会过来抱住他哭，谁知道萍萍趁着林孟闭上眼睛的时候，拿着一个烟灰缸就往他头上砸了下去，这次林孟真的昏了过去……"

最后我对目瞪口呆的父母说："作为林孟的朋友，我这时候应该去看看他吧？"

然后我走在了街上，就这样我要去看望我的这两个朋友，我在五岁的时候就认识了其中的一个，七岁的时候认识了另一个，他们两个人都比我大上四岁。三年前他们结婚的时候，我送给他们一条毛毯，在春天和秋天的时候，他们就是盖着我送的毛毯睡觉，所以他们在睡觉之前有时候会突然想起我来，他们会说：

"快有一个月没有见到谁谁谁了……"

我有一个月没有见到他们了，现在我向他们走去时，心里开始想念他们了。我首先想到他们布置得十分有趣的那个不大的家，他们在窗前，在屋顶上，在柜子旁挂了十来个气球，我不明白这两个想入非非的人为什么这么喜欢气球，而且全是粉红的颜色。我想起来有一天坐在他们的沙发里时，不经意地看到了阳台上挂着三条粉红色的内裤，与气球的颜色几乎是一样的，我想这应该是萍萍的内裤。刚开始的时候，我还以为是三个气球，我差点要说阳台上也挂上气球了，好在我没有说出来，我仔细一看才知道那不是气球。

我喜欢他们，林孟是个高声说话、高声大笑的人，他一年里有九个月都穿着那件棕色的夹克，剩下的三个月因为是夏天太炎热了，他只好去穿别的衣服，林孟一穿别的衣服，他身上的骨头就看得清清楚楚了，从衣服里面顶了出来，而他走路时两条胳膊甩得比谁都远，所以他衣服里面总显得空空荡荡。

他是一个不知道自己有什么弱点的人，比如他说话时结巴，可他自己不知道，或者说他从来没有承认过这一点。他的妻子萍萍是一个漂亮的女人，留着很长的头发，不过大多数时间她都是把头发盘起来，她知道自己的脖子很长很不错，她有时候穿上竖领的衣服，她的脖子被遮住了大半以后，反而更加美妙了，那衣服的竖领就像是花瓣一样。

这两个人在四年以前是一点关系都没有，他们仅仅是认识而已，我们谁也不知道他们是怎么跑到一起的，是我发现了他们。

我在那个晚上极其无聊，我先去找沈天祥，沈天祥的母亲说他中午出门以后一直没有回来。我又去找王飞，王飞躺在床上面红耳赤，他被四十度的高热烧得头昏脑涨。最后我去了陈力庆的家，陈力庆正拍着桌子在和他父亲吵架，我的脚都没有跨进陈力庆的家门，我不愿意把自己卷进别人的争吵之中，尤其是父子之间的争吵。

我重新回到了街上，就在我不知道该往什么地方走的时候，我看到了林孟，看到他抱着一床被子在树叶下走过来，树叶虽然挡住了路灯的光亮，我还是一眼认出了他，于是我就向他喊叫，我的声音因为喜出望外而显得十分响亮，我说：

"林孟，我正要去找你。"

林孟的头向我这边扭过来了一下，他看到了我，可他马上就将头扭回去了。我追上去了几步，继续向他喊叫：

"林孟，是我！"

这次林孟的头都没有动一下，我只好跑上去拍拍他的肩膀，他回过头来很不高兴地"嗯"了一声，我才发现他身边走着那个名叫萍萍的姑娘。萍萍手里提着一个水瓶，对我露出了微微的一笑。

然后，他们就结婚了。他们婚后的生活看上去很幸福，开始的时候我们经常在电影院的台阶上相遇，要不就是在商店的门口，我从那里走过去，而他们刚好从里面走出来。

他们结婚的前两年，我去过他们家几次，每次都遇到沈天祥，或者是王飞，或者是陈力庆，或者是同时遇到这三个人。我们在林孟的家中觉得很自在，我们可以坐在沙发上，也可以坐在他们的床上，把他们的被子拉过来垫在身后。王飞经常去打开他们的冰柜，看看里面有些什么，他说他不是想吃些什么，只是想看看。

林孟是个性格开朗的人，他的茶杯是一只很大的玻璃瓶，装速溶雀巢咖啡的玻璃瓶。他喜欢将一把椅子拖到门后，靠着门坐下来，端着那只大玻璃瓶，对着我们哈哈地笑，他的话超过十句以后，就会胡说八道了。他经常很不谨慎地将他和萍萍之间的隐私泄露出来，并且以此为乐，笑得脑袋抵在门上，把门敲得咚咚直响。

萍萍在这时候总是皱着眉对他说："你别说了。"

屋里人多的时候，萍萍都是坐在一只小圆凳上，她的两只手放在膝盖上，微笑地看着我们说话，当我们觉得是不是有点冷落了萍萍而对她说：

"萍萍，你为什么不说话？"

萍萍就会说："我喜欢听你们说话。"

萍萍喜欢听我说几部最新电影的故事，喜欢听沈天祥说钓鱼的事，喜欢听王飞比较几种牌子的冰柜，喜欢听陈力庆唱一首正在流行的歌曲。她就是不喜欢听林孟说话，她的丈夫说着说着就会说：

"萍萍每天晚上都要我搂着她睡觉。"

萍萍的双眉就皱起来了，我们哈哈地笑，林孟指着他的妻子说：

"不搂着她，她就睡不着。"

"可是，"林孟继续说，"我搂着她，她就往我脖子里不停地呵气，弄得我痒滋滋的……"

这时萍萍就要说："你别说了。"

"这样一来我就睡不着了。"林孟哈哈笑着把话说完。

问题是林孟这方面的话题还会继续下去，只要我们坐在他的屋里，他就不会结束。他是一个喜欢让我们围着他哈哈笑个不停的人，为此他会不惜任何代价，他会把萍萍在床上给他取的所有绰号一口气说出来，把我们笑个半死。

萍萍给他取的绰号是从"心肝"开始的，接下去有"宝贝"、"王子"、"骑士"、"马儿"，这是比较优雅的，往后就是食物了，全是"卷心菜"、"豆干"、"泥肠"、"土豆"之类的，还有我们都听不明白的"气势汹汹"和"垂头丧气"。

"你们知道'气势汹汹'指的是什么？"

他知道我们不明白，所以他就站起来得意洋洋地问我们。这时候萍萍也站起来了，她看上去生气了，她的脸色都有点泛白，她叫了一声：

"林孟。"

我们以为她接下去会怒气冲冲，可是她只是说：

"你别说了。"

林孟坐回到门后的椅子里对着她哈哈地笑，她看了他一会后，转身走进了另一个房间。我们都显得很尴尬，可是林孟却若无其事，他对着妻子走进去的那个房间挥挥手说：

"别管她。"

然后继续问我们："你们知道'气势汹汹'指的是什么？"

没有等我们摇头，他自己先说了，他伸手指指自己的裤裆说：

"就是这玩意儿。"

我们开始笑起来，他又问："'垂头丧气'呢？"

这次我们都去看着他的裤裆了，他的手又往那地方指了一下，他说：

"也是这个东西。"

有一句话说得很对，叫嫁鸡随鸡，嫁狗随狗。萍萍和林孟在一起生活了两年以后，她对丈夫的胡说八道也就习惯起来了，当林孟信口开河的时候，她不再对他说"你别说了"，而是低下头去摆弄起了自己的手指，似乎她已经接受林孟的随口乱说。

不仅如此，偶尔她也会说几句类似的话，当然她比林孟含蓄多了。我记得有一天我们坐在他们的家中，大家一起赞扬林孟笑的时候很有魅力时，萍萍突然插进来说：

"他晚上的笑容才叫可爱。"

我们一下子还没明白过来这句话的意思，大家似笑非笑地看着林孟，看看萍萍，萍萍就又补充了一句，她说：

"当他需要我的时候。"

我们哈哈大笑，这时萍萍突然发现自己失言了，于是面红耳赤。林孟面对自己的笑话被揭示出来后，嘿嘿地发出了尴尬的笑声，他的脑袋不再去敲打后面的门了。当可笑的事轮到他自己身上时，他就一声不吭了。

我们对他们婚后的床上生涯就这样略知一二，我们对他们另外的生活知道得就更多了，总之我们都认为林孟艳福不浅，萍萍的漂亮是有目共睹的，她的温柔与勤快我们也都看在眼里，我们从来没有看到过她和林孟为了什么而争执起来。我们坐在他们家中时，她总是及时地为我们的茶杯斟上水，把火柴送到某一双准备点燃香烟的手中。而林孟，结婚以后的皮鞋总是锃亮锃亮的，衣着也越来越得体了，这当然是因为有了萍萍这样的一个妻子。在此之前，他是我们这些朋友中衣服穿得最糟糕的人。

就这样我回忆着他们的一些生活片段，在这天上午来到他们的寓所，我觉得自己很久没来敲他们的门了，当萍萍为我打开他们的房门时，我发现萍萍的样子变了一些，她好像是胖了，要不就是瘦了。

开门的时候，我先看到了萍萍的手，一只纤细的手抓住门框，门就开了，我觉得萍萍看到我时像是愣了一下，我想这是她很久没有看到我的缘故。我微笑着走了进去，然后发现自己没有看到沈天祥，没有看到王飞，没有看到陈力庆，就是林孟，我也没有看到，我问萍萍：

"林孟呢？"

林孟没有在家，他早晨七点半的时候就出门了，他去工厂上班了。沈天祥、王飞、陈力庆这时候也应该在他们各自的地方上班干活。只有我和萍萍……我对萍萍说：

"只有我们两个人？"

我指的是在这个房间里，我看到萍萍听了我的话以后，脸上的肌肉抽了两下，我心想这是微笑吗？我问萍萍：

"你怎么了？"

萍萍不解地看着我，我又说：

"你刚才对我笑了吗？"

萍萍点点头说："我笑了。"

然后她脸上的肌肉又抽了两下，我倒是笑起来了，我说：

"你怎么笑得这样古怪？"

萍萍一直站在门口，那门也一直没有关上，抓住门框的手现在还抓着，她这样的姿态像是在等着我立刻离开似的，我就说：

"你是不是要我马上就走？"

听到我这么说，她的手从门框上移开了，她的身体向我转了过来，她看着我，她的两只手在那里放来放去的，似乎一直没有找到合适的位置。我从来没有见过像今天这样的萍萍，全身僵直地站在那里，笑的时候都让我看不出来她是在笑，我对萍萍说：

"你今天是怎么了？你是不是有事要出去？"

我看到她不知所措地摇了摇头，我继续说：

"你要是没有什么急事的话，那我就坐下了。"

我说着坐到了沙发里，可她还是站着，我笑了起来，我说：

"你怎么还这样站着？"

她坐在了身边的一把椅子上，将自己脸的侧面对着我，我觉得她的呼吸很重，她的两条腿摆来摆去的，和刚才的手一样找不到位置，我就说：

"萍萍，你今天是怎么了？今天我来了，你也不给我倒一杯水喝，也不给我削一个苹果吃，你是不是讨厌我了？"

萍萍连连摇头，她说：

"没有，没有，我怎么会讨厌你呢？"

然后她对我笑了笑，站起来去给我倒水，她这次笑得像是笑了。她把水递到我手上时说：

"今天没有苹果了，你吃话梅吗？"

我说："我不吃话梅，话梅是你们女人吃的，我喝水就行了。"

萍萍重新坐到椅子上，我喝着水说：

"以前我每次来你们家，都会碰上沈天祥他们，碰不上他们三个人，最少也能碰上他们中的一个，今天他们一个都没来，连林孟也不在家，只有我们两个人，你又是一个很少说话的人……"

我看到萍萍突然变得紧张起来，她的头向门的方向扭了过去，她在听着什么，像是在听着一个人上楼的脚步声，脚步声很慢，上楼的人显得不慌不忙，走到了我和萍萍一起看着的那扇门的外面，然后又走上去了。萍萍松了一口气，她扭回头看着我，她的脸白得让我吃了一惊，她对我笑了笑，脸上的肌肉又抽了两下。她的笑让我看不下去，我就打量他们的房屋，我发现气球已经从他们家中消失了，我的眼睛看不到粉红的颜色，于是我不由自主地偷偷看了看他们的阳台，阳台上没有萍萍的内裤，也就是说阳台上也没有了粉红的颜色，然后我才问萍萍：

"你们不喜欢气球了？"

萍萍的眼睛看着我，那样子让我觉得她听到了我的声音，可是没有听到我的话，我说：

"没有气球了。"

"气球？"她看着我，不明白我在说些什么，我又说：

"气球，你们家以前挂了很多气球。"

"噢……"她想起来了。

我说："我总觉得你今天有点……怎么说呢？有点不太正常。"

"没有。"她摇摇头说。

她的否认看上去并不积极，我告诉她：

"我本来没有想到要来你们家，你知道吗，我又搬家了，我在帮着母亲整理厨房，帮着父亲整理书房，他们两个人把我使唤来使唤去的，让我厌烦极了，我是从家里逃出来的。本来我想去看看沈天祥的，可是前天我们还在一起，王飞和陈力庆我也经常见到他们，就是你们，我有很久没见了，所以我就到你们家来了，没想到林孟不在，我忘了他今天应该在工厂上班……"

我没有把编造她和林孟打架的事说出来。萍萍是一个认真的人，我继续说：

"我没想到只有你一个人在家里……"

189

只有她一个人在家，她又总是心不在焉的，我想我还是站起来走吧，我站起来对她说：

"我走了。"

萍萍也马上站起来，她说：

"你再坐一会。"

我说："我不坐了。"

她不再说什么，等着我从她家中走出去，我觉得她希望我立刻就走，我朝门走了两步，我说：

"我先去一下你们家的卫生间。"

我进了卫生间，把门关上时，我又补充了一句：

"你们家的这条街上没有一个厕所。"

我本来只是想小便，可是小便结束以后，我又想大便了，因此我在卫生间里一下子就出不去了。我蹲下去，听到外面的楼梯上咚咚响起来了，一个人正很快地从楼下跑上来，跑到门口喊叫道：

"萍萍，萍萍。"

是林孟回来了，我听到萍萍声音发抖地说：

"你怎么回来了？"

门打开了。林孟走进来，林孟说：

"我今天出来给厂里进货，我快让尿给憋死啦，一路上找不到一个厕所，我只好跑回家来。"

我在卫生间里觉得林孟像是一头野猪似的扑了过来，他一拉卫生间的门，然后没有声音了，显然他吓了一跳，过了一会，我听到他声音慌张地问萍萍：

"这里面有人？"

我想萍萍可能是点了点头，我听到林孟吼叫起来了：

"是谁？"

我在里面不由笑了笑，我还来不及说话，林孟开始踢门了，他边踢边叫：

"你出来。"

我才刚刚蹲下去，他就要我出去，卫生间的门被他踢得乱抖起来，我只好提起裤子，系好皮带，打开卫生间的门，林孟看到是我，一下子愣住了，我说：

"林孟，我还没完呢，你把门踢得这么响，屎刚要出来，被你这么一踢，又回去了。"

林孟眼睛睁圆了看了我一会，然后咬牙切齿地说：

"没想到会是你。"

他的样子让我笑了起来，我说：

"你别这么看着我。"

林孟不仅继续瞪大眼睛看我，还向我伸出了手指，我避开他指过来的食指说：

"你这样子让我毛骨悚然。"

这时林孟吼叫起来了，他叫道：

"是你让我毛骨悚然。"

林孟的喊叫把我吓了一跳，于是我重视起了他的愤怒，我问他：

"出了什么事？"

他说："没想到你会和我老婆干上了。"

"干上了？"我问他，"干上了是什么意思？"

他说："你别装啦。"

我去看萍萍，我想从她那里知道林孟的意思，可是我看到萍萍的脸完全成了一张白纸，只有嘴唇那地方还有点青灰颜色，萍萍的样子比起林孟的样子来，更让我不安。现在我明白林孟那句话的意思了，他认为我和萍萍在一起睡觉了。我说：

"林孟，你完全错了，我和萍萍之间一点关系都没有。你可以问萍萍。"

我看到萍萍连连点着头，林孟对我的话和萍萍的点头似乎一点兴趣都没有，他用手指着我说：

"你们谁都别想抵赖，我一进门就觉得萍萍的脸色不对，我一进门就知道发生什么事了。"

"不，"我说，"你所认为的事根本就没有发生。"

"没有发生？"他走过来一步，"你为什么躲在卫生间里？"

"我没有躲在卫生间里。"我说。

他伸手一指卫生间说："这是哪里，这是厨房吗？"

我说："不是厨房，是卫生间，但是我没有躲在里面，我是在里面拉屎。"

"放屁。"他说，说着他跑到卫生间里去看了看，然后站在卫生间的门口得意地说：

"我怎么没看到这里面有屎？"

我说："我还没拉出来，就被你踢门给踢回去了。"

"别胡说了。"他轻蔑地挥了挥手，然后他突然一转身进了卫生间，砰地将门关上。我听到他在里面说：

"我被你们气傻了，我都忘了自己快被尿憋死了。"

我听到他的尿冲在池子里的唰唰声，我去看萍萍，萍萍这时坐在椅子上了。她的两只手捂住自己的脸，肩膀瑟瑟打抖，我走过去，我问萍萍：

"这究竟是怎么回事？"我对她说，"我到现在还没有完全明白过来。"

萍萍抬起脸来看着我，她的脸上已经有泪水了，可是更多的还是惊魂未定的神色，似乎她也没有完全明白发生了什么，这时卫生间的门砰地打开了，林孟从里面出来时像是换了一个人，他撒完尿以后就平静下来了，他对我说：

"你坐下。"

我站着没有动，他微笑了一下，他的微笑让我感到吃惊，他说：

"你坐下，为什么不坐下？"

那语气像是刚才什么都没有发生似的，我心里七上八下地坐在了萍萍的身边，然后看着林孟拿着一张白纸和一支笔走过来，他和我们坐在了一起，他对萍萍说：

"你做了对不起我的事……"

萍萍抬起脸来说："我没有。"

林孟没有理睬她的话，继续说：

"你对不起我，我现在不打你，也不骂你……"

"我没有，"萍萍又说，"我没有对不起你……"

林孟不耐烦了，他摆摆手说：

"不管你怎么说，我都认为你对不起我了，你不要再说废话，你给我听着就是了，我们不能在一起生活了，你明白吗？"

萍萍迷茫地看着他，他看了我一眼，往下说：

"你明白吗，我和你必须离婚，此外没有别的出路。"

萍萍眼泪出来了，她说：

"为什么要离婚？"

林孟指着我说："你都和他睡觉了，我当然要和你离婚。"

"我没有。"萍萍说。

到了这时候，萍萍申辩的声音仍然很轻微，这使我很不高兴，我对萍萍说：

"你要大声说，大声对他说，我和你什么事都没有，就是拍桌子也行。"

林孟笑了笑，对我说：

"声音再大也没有用，这叫有理走遍天下，无理寸步难行。"

我对他说："现在是我们有理，你无理。"

林孟又笑了，他对萍萍说：

"听到吗？他在说'我们'，就是你和他，我和你离婚以后，你就和他结婚。"

萍萍抬起脸来看着我，她的目光像是突然发现另一个丈夫似的，我赶紧向她摆手，我说：

"萍萍，你别听他胡说八道。"

萍萍听了我的话以后，去看她真正的丈夫了，她丈夫手中的那支笔开始在纸上画来画去，林孟对她说：

"我已经算出来了，家里所有的存款加上现钱一共是一万两千四百元，你拿六千二百，我也拿六千二百，彩电和录像机你拿一台，冰箱和洗衣机也让你先挑选一台……"

我看到他们在讨论分家的事了，我想我还是立刻走吧，我就说：

"你们忙吧，我先走了。"

我正要走，林孟一把抓住了我，他说：

"你不能走，你破坏了我们的婚姻，你必须承担责任。"

我说："我没有破坏你们的婚姻，我没有破坏任何人的婚姻，你要我承担什么责任呢？"

林孟站起来，把我推到椅子前，让我在刚才的椅子上坐下，他继续和萍萍讨论分家的事，他说：

"衣服原先属于谁的，就由谁带走。家具也是这样，一人一半，当然这需要合理分配，不能把床和桌子劈成两半……这所房子就不分了，结婚以前这房子是属于你的，所以这房子应该归你。"

然后林孟转过脸来对我发号施令了，他说：

"我和萍萍离婚以后，你必须在一个月内把她娶过去。"

我说："你没有权利对我说这样的话，你和萍萍离婚还是不离婚，和我没有一点关系。"

林孟说："你勾引了她，让她犯了生活错误，让她做了对不起我的事，你还说和你没有关系？"

我说："我没有勾引她，你问萍萍，我勾引她了没有？"

我们一起去看萍萍，萍萍使劲地摇起了头，我说：

"萍萍你说，是有，还是没有？"

萍萍说："没有。"

可是她一点都没有理直气壮，我就对她说：

"萍萍，当你说这样的话时，一定要说得响亮，我觉得你太软弱，平日里林孟当着我们伤害你时，你只会轻声说'你别说了'，你应该站起来大声指责他……"

这时林孟拍拍我的肩膀，他说：

"作为朋友，我提醒你一句，你不要把萍萍培养成一只母老虎，因为以后你是她的丈夫了。"

"我不是她的丈夫。"我说。

"你必须是她的丈夫。"他说。

林孟如此坚决，让我反而糊涂起来了，我再一次去问萍萍：

"这究竟是怎么一回事？我从家里出来时，一点都没想到我会娶一个女人回去，而这一个女人又是我朋友的妻子，这些都不说了，要命的是这个女人是二婚，还比我大四岁，我的父母会被我气死的……"

"不会，"林孟说，"你父母都是知识分子，他们不会在乎这些的。"

"你错啦，知识分子恰恰是最保守的，"我指着萍萍，"我父母肯定不会接受她的。"

林孟说："他们必须接受萍萍。"

我又去问萍萍："这究竟是怎么一回事？我现在脑袋里没有脑浆，全是豆腐，我完全糊涂了。"

这时萍萍不再流眼泪了，她对我说：

"你今天不该来，你就是来了也应该马上就走。"

她指着林孟继续说："你们虽然是他的朋友，可是你们一点都不了解他……"

她没有说下去，但是我明白过来了，为什么我一进他们家门，萍萍就不知所措，因为林孟没有在家，萍萍的紧张与不安就是因为我，一个不是她丈夫的男人和她单独在一间屋子里，同时我也知道林孟是个什么样的人了，我对他说：

"我以前还以为你是一个宽宏大量的人，没想到你是个斤斤计较、醋劲十足的人。"

林孟说："你和我老婆睡觉了，你还要我宽宏大量？"

"我告诉你，"我指着林孟鼻子说，"现在我对你已经厌烦了，你怎么胡说，我都不想和你争辩，我心里唯一不安的就是萍萍，我觉得对不起萍萍，我今天不该来……"

说到这里，我突然激动起来了，挥着手说：

"不，我今天来对了，萍萍，你和他离婚是对的，和这种人在一起生活简直是灾难。我今天来是把你救出来。如果我是你的丈夫，第一，我会尊重你，我绝不会说一些让你听了不安的话；第二，我会理解你，我会尽量为你设想；第三，我会真正做到宽宏大量，而不像他只做表面文章；第四，我会和你一起承担起家务来，不像他一回家就摆出老爷的样子；第五，我绝不会把你给我取的绰号告诉别人；第六，我每天晚上搂着你睡觉，你的气呵在我的脖子上我也不怕痒；第七，我比他强壮得多，你看他骨瘦如柴……"

我一直说到第十五，接下去想不起来还应该说什么，我只好不说了，我再去看萍萍，她正眼含热泪望着我，显然她被我的话感动了。我又去看林孟，林孟正嘿嘿笑着，他对我说：

"很好，你说得很好，这样我就放心了，我知道你会善待我的前妻的。"

我说："我说这些话没有别的意思，并不是说我肯定要和萍萍结婚了，我和萍萍结婚，不是我一个人能说了算数的，萍萍是不是会同意，我不知道，我是说如果我是萍萍的丈夫。"

然后我看着萍萍："萍萍，你说呢？"

要命的是萍萍理解错我的话了，她含着眼泪对我说：

"我愿意做你的妻子，我听了你刚才的那一番话以后，我就愿意做你的妻子了。"

我傻了，我心想自己真是一个笨蛋，我为自己设了一个陷阱，而且还跳了进去，我看着萍萍脸上越来越明显的幸福表情，我就知道自己越来越没有希望逃跑了。萍萍美丽的脸向我展示着，她美丽的眼睛对着我闪闪发亮，她的眼泪还在流，我就说：

"萍萍，你别哭了。"

萍萍就抬起手来擦干净了眼泪，这时候我脑袋热得直冒汗，

我的情绪极其激昂，也就是说我已经昏了头了，我竟然以萍萍
丈夫的口气对林孟说：

"现在你该走了。"

林孟听了我的话以后，连连点头，他说：

"是，是的，我是该走了。"

我看着林孟兴高采烈地逃跑而去，我心里闪过一个想法，
我想这小子很可能在一年以前就盼着这一天了，只是他没想到
会是我来接替他。林孟走后，我和萍萍在一起坐了很久，两个
人都没有说话，都想了很多，后来萍萍问我是不是饿了，她是
不是去厨房给我做饭，我摇摇头，我要她继续坐着。我们又无
声地坐了一会，萍萍问我是不是后悔了，我说没有。她又问我
在想些什么，我对她说：

"我觉得自己是一个先知。"

萍萍不明白我的话，我向她解释：

"我出门的时候，向我的父母编造了你和林孟打架，你把林
孟打得头破血流，林孟也把你打得头破血流……结果你们还真
的离婚了，你说我是不是一个先知。"

萍萍听了我的话以后没有任何反应，我知道她还没有明白，
我就向她解释，把我向父母编造的话全部告诉了她，包括她拿
着一个烟灰缸往林孟头上狠狠砸去的情景。萍萍听到这里连连
摆手，她说她绝不会这样的。我说我知道，我知道她不会这样
的，我知道她不是一个泼妇，我说这些只是要她明白我是一个
先知。她明白了，她笑着点了点头。她刚一点头，我马上又摇

头了，我说：

"其实我不是先知，虽然我预言了你和林孟的不和，可是我没有想到自己会成为你的丈夫。"

然后我可怜巴巴地望着萍萍说：

"我一点都不知道自己为什么要结婚。"

一九九三年十一月二日

阑尾

我的父亲以前是一名外科医生，他体格强壮，说起话来声音洪亮，经常在手术台前一站就是十多个小时，就是这样，他下了手术台以后脸上仍然没有丝毫倦意，走回家时脚步咚咚咚咚，响亮而有力。走到家门口，他往往要先站到墙角撒一泡尿，那尿冲在墙上刷刷直响，声音就和暴雨冲在墙上一样。

　　我父亲在他二十五岁那年，娶了一位漂亮的纺织女工做自己的妻子，他的妻子婚后第二年就给他生下了一个儿子，那是我哥哥，过了两年，他妻子又生下了一个儿子，这一个就是我。

　　在我八岁的时候，有一天，精力充沛的外科医生在连年累月的繁忙里，偶尔得到了一个休息之日，就在家里舒舒服服地睡了一个上午，下午他带着两个儿子走了五里路，去海边玩了近三个小时，回来时他肩膀上骑着一个，怀里还抱着一个，又走了五里路。吃过晚饭以后天就黑了，他就和自己的妻子，还有两个孩子，坐在屋门前的一棵梧桐树下，那时候月光照射过来，把树叶斑斑驳驳地投在我们身上，还有凉风，凉风在习习吹来。

外科医生躺在一张临时搭出来的竹床上，他的妻子坐在旁边的藤椅里，他们的两个孩子，我哥哥和我，并肩坐在一条长凳上，听我们的父亲在说每个人肚子里都有的那一条阑尾。他说他每天最少也要割掉二十来条阑尾，最快的一次他只用了十五分钟，十五分钟就完成了一次阑尾手术，将病人的阑尾刷的一下割掉了。我们问："割掉以后怎么办呢？"

"割掉以后？"我父亲挥挥手说，"割掉以后就扔掉。"

"为什么扔掉呢？"

我父亲说："阑尾一点屁用都没有。"

然后父亲问我们："两叶肺有什么用处？"

我哥哥回答："吸气。"

"还有呢？"

我哥哥想了想说："还有吐气。"

"胃呢？胃有什么用处？"

"胃，胃就是把吃进去的东西消化掉。"还是我哥哥回答了。

"心脏呢？"

这时我马上喊叫起来："心脏就是咚咚跳。"

我父亲看了我一会儿，说："你说的也对，你们说的都对，肺、胃、心脏，还有十二指肠、结肠、大肠、直肠什么的都有用，就是这阑尾，这盲肠末端上的阑尾……你们知道阑尾有什么用？"

我哥哥抢先学父亲的话说了，他说："阑尾一点屁用都没有。"

我父亲哈哈大笑了，我们的母亲坐在一旁跟着他笑，我父亲接着说道：

"对，阑尾一点用都没有。你们呼吸，你们消化，你们睡觉，都和阑尾没有一点关系，就是吃饱了打个嗝，肚子不舒服了放个屁，也和阑尾没关系……"

听到父亲说打嗝放屁，我和我哥哥就咯咯笑了起来，这时候我们的父亲坐了起来，认真地对我们说：

"可是这阑尾要是发炎了，肚子就会越来越疼，如果阑尾穿孔，就会引起腹膜炎，就会要你们的命，要你们的命懂不懂？"

我哥哥点点头说："就是死掉。"

一听说死掉，我吸了一口冷气，我父亲看到了我的害怕，他的手伸过来拍了一下我的脑袋，他说：

"其实割阑尾是小手术，只要它不穿孔就没有危险……有一个英国的外科医生……"

我们的父亲说着躺了下去，我们知道他要讲故事了。他闭上眼睛很舒服地打了一个哈欠，然后侧过身来对着我们。他说那个英国的外科医生有一天来到了一个小岛，这个小岛上没有一家医院，也没有一个医生，连一只药箱都没有，可是他的阑尾发炎了。他躺在一棵椰子树下，痛了一个上午，他知道如果再不动手术的话，就会穿孔了……

"穿孔以后会怎么样？"我们的父亲撑起身体问道。

"会死掉。"我哥哥说。

"会变成腹膜炎，然后才会死掉。"我父亲纠正了我哥哥的话。

我父亲说："那个英国医生只好自己给自己动手术，他让两个当地人抬着一面大镜子，他就对着镜子里的自己，就在这里……"

我父亲指指自己肚子的右侧："在这里将皮肤切开，将脂肪分离，手伸进去，去寻找盲肠，找到盲肠以后才能找到阑尾……"

一个英国医生，自己给自己动手术，这个了不起的故事让我们听得目瞪口呆，我们激动地望着自己的父亲，问他是不是也能自己给自己动手术，像那个英国医生那样。

我们的父亲说："这要看是在什么情况下，如果我也在那个小岛上，阑尾也发炎了，为了救自己的命，我就会自己给自己动手术。"

父亲的回答使我们热血沸腾，我们一向认为自己的父亲是最强壮的，最了不起的，他的回答进一步巩固了我们的这个认为，同时也使我们有足够的自信去向别的孩子吹嘘：

"我们的父亲自己给自己动手术……"我哥哥指着我，补充道，"我们两个人抬一面大镜子……"

就这样过了两个多月，到了这一年秋天，我们父亲的阑尾突然发炎了。那是一个星期天的上午，我们的母亲去工厂加班了，我们的父亲值完夜班回来，他进家门的时候，刚好我们的母亲要去上班，他就在门口告诉她：

"昨晚上一夜没睡，一个脑外伤，两个骨折，还有一个青霉素中毒，我累了，我的胸口都有点疼了。"

然后我们的父亲捂着胸口躺到床上去睡觉了，我哥哥和我在另一间屋子里，我们把桌子放到椅子上去，再把椅子放到桌子上去，那么放来放去，三四个小时就过去了。我们听到父亲屋子里有哼哼的声音，就走过去凑在门上听，听了一会儿，我们的父亲在里面叫我们的名字了，我们马上推门进去，看到父亲像一只虾那样弯着身体，正龇牙咧嘴地望着我们，父亲对我们说：

"我的阑尾……哎……疼死我了……急性阑尾炎，你们快去医院，去找陈医生……找王医生也行……快去，去……"

我哥哥拉着我的手走下了楼，走出了门，走在了胡同里，这时候我明白过来了，我知道父亲的阑尾正在发炎，我哥哥拉着我正往医院走去，我们要去找陈医生，或者去找王医生，找到了他们，他们会做什么？

一想到父亲的阑尾正在发炎，我心里突突地跳，我心想父亲的阑尾总算是发炎了，我们的父亲就可以自己给自己动手术了，我和我哥哥就可以抬着一面大镜子了。

走到胡同口，我哥哥站住脚，对我说：

"不能找陈医生，也不能找王医生。"

我说："为什么？"

他说："你想想，找到了他们，他们就会给我们爸爸动手术。"

我点点头，我哥哥问："你想不想让爸爸自己给自己动手术？"

我说："我太想了。"

我哥哥说："所以不能找陈医生，也不能找王医生，我们到手术室去偷一个手术包出来，大镜子，家里就有……"

我高兴地叫了起来："这样就能让爸爸自己给自己动手术啦。"

我们走到医院的时候，他们都到食堂里去吃午饭了，手术室里只有一个护士，我哥哥让我走过去和她说话，我就走过去叫她阿姨，问她为什么长得这么漂亮，她嘻嘻笑了很长时间，我哥哥就把手术包偷了出来。

然后我们回到了家里，我们的父亲听到我们进了家门，就在里面房间轻声叫起来：

"陈医生，陈医生，是陈医生吧？"

我们走了进去，看到父亲额上全是汗水，是疼出来的汗水。父亲看到走进来的既不是陈医生，也不是王医生，而是他的两个儿子，我哥哥和我，就哼哼地问我们：

"陈医生呢？陈医生怎么没来！"

我哥哥让我打开手术包，他自己把我们母亲每天都要照上一会儿的大镜子拿了过来，父亲不知道我们要干什么，他还在问：

"王医生，王医生也不在？"

我们把打开的手术包放到父亲的右边，我爬到床里面去，我和哥哥就这样一里一外地将镜子抬了起来，我哥哥还专门俯下身去察看了一下，看父亲能不能在镜子里看清自己，然后我们兴奋地对父亲说：

　　"爸爸，你快一点。"

　　我们的父亲那时候疼歪了脸，他气喘吁吁地看着我们，还在问什么陈医生，什么王医生，我们急了，对他喊道：

　　"爸爸，你快一点，要不就会穿孔啦。"

　　我们的父亲这才虚弱地问："什么……快？"

　　我们说："爸爸，你快自己给自己动手术。"

　　我们的父亲这下明白过来了，他向我们瞪圆了眼睛，骂了一声：

　　"畜生。"

　　我吓了一跳，不知道做错了什么，就去看我的哥哥，我哥哥也吓了一跳，他看着父亲，父亲那时候疼得说不出话来了，只是向我们瞪着眼睛，我哥哥马上就发现了父亲为什么骂我们，他说：

　　"爸爸的裤子还没有脱下来。"

　　我哥哥让我拿住镜子，自己去脱父亲的裤子，可我们的父亲一巴掌打在我哥哥的脸上，又使足了劲骂我们：

　　"畜生。"

　　吓得我哥哥赶紧滑下床，我也赶紧从父亲的脚边溜下了床，我们站在一起，看着父亲在床上虚弱不堪地怒气冲冲，我问哥哥：

"爸爸是不是不愿意动手术？"

我哥哥说："不知道。"

后来，我们的父亲哭了，他流着眼泪，断断续续地对我们说：

"好儿子，快去……快去叫……妈妈，叫妈妈来……"

我们希望父亲像个英雄那样给自己动手术，可他却哭了。我哥哥和我看了一会儿父亲，然后我哥哥拉着我的手就跑出门去，跑下了楼，跑出了胡同……这一次我们没有自作主张，我们把母亲叫回了家。

我们的父亲被送进手术室时，阑尾已经穿孔了，他的肚子里全是脓水，他得了腹膜炎，在医院的病床上躺了一个多月，又在家里休养了一个月，才重新穿上白大褂，重新成为了医生，可是他再也做不成外科医生了，因为他失去了过去的强壮，他在手术台前站上一个小时，就会头晕眼花。他一下子瘦了很多，以后就再也没有胖起来，走路时不再像过去那样咚咚地节奏分明，常常是一步迈出去大，一步迈出去又小了，到了冬天，他差不多每天都在感冒。于是他只能做一个内科医生了，每天坐在桌子旁，不急不慢地和病人说着话，开一些天天都开的处方，下班的时候，手里拿一块酒精棉球，边擦着手边慢吞吞地走着回家。到了晚上睡觉的时候，我们经常听到他埋怨我们的母亲，他说：

"说起来你给我生了两个儿子，其实你是生了两条阑尾，平日里一点用都没有，到了紧要关头害得我差点丢了命。"

一九九四年七月十二日

我没有自己的名字

有一天，我挑着担子从桥上走过，听到他们在说翘鼻子许阿三死掉了，我就把担子放下，拿起挂在脖子上的毛巾擦脸上的汗水，我听着他们说翘鼻子许阿三是怎么死掉的，他们说是吃年糕噎死的。吃年糕噎死，我还是第一次听说，以前听说过有一个人吃花生噎死了。这时候他们向我叫起来：

"许阿三……翘鼻子阿三……"

我低着头"嗯"地答应了一声，他们哈哈笑了起来，问我：

"你手里拿着什么？"

我看了看手里的毛巾，说：

"毛巾。"

他们笑得哗啦哗啦的，又问我：

"你在脸上擦什么？"

我说："擦汗水呀。"

我不知道他们为什么这样高兴，他们笑得就像风里的芦苇那样倒来倒去，有一个抱着肚子说：

"他——还——知道——汗水。"

另一个人靠着桥栏向我叫道：

"许阿三，翘鼻子阿三。"

他叫了两声，我也就答应了两声，他两只手捧着肚子问我：

"许阿三是谁？"

我看了看他，又看了看旁边那几个人，他们都张着嘴睁着眼睛，他们又问我：

"谁是翘鼻子许阿三？"

我就说："许阿三死掉了。"

我看到他们睁着的眼睛一下子闭上了，他们的嘴张得更大了，笑得比打铁的声音还响，有两个人坐到了地上，他们哇哇笑了一会儿后，有一个人喘着气问我：

"许阿三死掉了……你是谁？"

我是谁？我看着他们嘿嘿地笑，我不知道该怎么说。我没有自己的名字，可是我一上街，我的名字比谁都多，他们想叫我什么，我就是什么。他们遇到我时正在打喷嚏，就会叫我喷嚏；他们刚从厕所里出来，就会叫我擦屁股纸；他们向我招手的时候，就叫我过来；向我挥手时，就叫我滚开……还有老狗、瘦猪什么的。他们怎么叫我，我都答应，因为我没有自己的名字，他们只要凑近我，看着我，向我叫起来，我马上就会答应。

我想起来了，他们叫我叫得最多的是：喂！

我就试探地对他们说：

"我是……喂！"

他们睁大了眼睛，问我：

"你是什么？"

我想自己是不是说错了，就看着他们，不敢再说。他们中间有人问我：

"你是什么……啊？"

我摇摇头说："我是……喂。"

他们互相看了看，然后哗哗地笑了起来，我站在那里看着他们笑，自己也笑。桥上走过的人看到我们笑得这么响，也都哈哈地笑起来了。一个穿花衬衣的人叫我：

"喂！"

我赶紧答应："嗯。"

穿花衬衣的人指着另一个人说：

"你和他的女人睡过觉？"

我点点头说："嗯。"

另一个人一听这话就骂起来：

"你他妈的。"

然后他指着穿花衬衣的人对我说：

"你和他的女人睡觉时很舒服吧？"

"我和你们的女人都睡过觉。"

他们听到我这样说，一下子都不笑了，都睁着眼睛看我，看了一会儿，穿花衬衣的人走过来，举起手来，一巴掌打下来，打得我的耳朵嗡嗡直响。

陈先生还活着的时候，经常站在药店的柜台里面，他的脑袋后面全是拉开的和没有拉开的小抽屉，手里常拿着一把小秤。陈先生的手又瘦又长。有时候，陈先生也走到药店门口来，看到别人叫我什么，我都答应，陈先生就在那里说话了，他说：

　　"你们是在作孽，你们还这么高兴，老天爷要罚你们的……只要是人，都有一个名字，他也有，他叫来发……"

　　陈先生说到我有自己的名字，我叫来发时，我心里就会一跳，我想起来我爹还活着的时候常常坐在门槛上叫我：

　　"来发，把茶壶给我端过来……来发，你今年五岁啦……来发，这是我给你的书包……来发，你都十岁了，还他妈的念一年级……来发，你别念书啦，就跟着爹去挑煤吧……来发，再过几年，你的力气就赶上我啦……来发，你爹快要死了，我快要死了，医生说我肺里长出了瘤子……来发，你别哭，来发，我死了以后你就没爹没妈了……来发，来，发，来，来，发……"

　　"来发，你爹死啦……来发，你来摸摸，你爹的身体硬邦邦的……来发，你来看看，你爹的眼睛瞪着你呢……"

　　我爹死掉以后，我就一个人挑着煤在街上走来走去，给镇上的人家送煤，他们见到我都喜欢问我：

　　"来发，你爹呢？"

　　我说："死掉了。"

　　他们哈哈笑着，又问我：

　　"来发，你妈呢？"

我说："死掉了。"

他们问："来发，你是不是傻子？"

我点点头："我是傻子。"

我爹活着的时候，常对我说：

"来发，你是个傻子，你念了三年书，还认不出一个字来。来发，这也不能怪你，要怪你妈，你妈生你的时候，把你的脑袋挤坏了。来发，也不能怪你妈，你脑袋太大，你把你妈撑死啦……"

他们问我："来发，你妈是怎么死的？"

我说："生孩子死的。"

他们问："是生哪个孩子？"

我说："我。"

他们又问："是怎么生你的？"

我说："我妈一只脚踩着棺材生我。"

他们听后就要哈哈笑很久，笑完后还要问我：

"还有一只脚呢？"

还有一只脚踩在哪里我就不知道了，陈先生没有说，陈先生只说女人生孩子就是把一只脚踩到棺材里，没说另外一只脚踩在哪里。

他们叫我："喂，谁是你的爹？"

我说："我爹死掉了。"

他们说："胡说，你爹活得好好的。"

我睁圆了眼睛看着他们，他们走过来，凑近我，低声说：

"你爹就是我。"

我低着头想了一会儿，说：

"嗯。"

他们问我："我是不是你的爹？"

我点点头说："嗯。"

我听到他们咯吱咯吱地笑起来，陈先生走过来对我说：

"你啊，别理他们，你只有一个爹，谁都只有一个爹，这爹要是多了，做妈的受得了吗？"

我爹死掉后，这镇上的人，也不管年纪有多大，只要是男的，差不多都做过我的爹了。我的爹一多，我的名字也多了起来，他们一天里叫出来的我的新名字，到了晚上我掰着手指数都数不过来。

只有陈先生还叫我来发，每次见到陈先生，听到他叫我的名字，我心里就是一跳。陈先生站在药店门口，两只手插在袖管里看着我，我也站在那里看着陈先生，有时候我还嘿嘿地笑。站久了，陈先生就会挥挥手，说：

"快走吧，你还挑着煤呢。"

有一次，我没有走开，我站在那里叫了一声：

"陈先生。"

陈先生的两只手从袖管里伸出来，瞪着我说：

"你叫我什么？"

我心里咚咚跳，陈先生凑近了我说：

"你刚才叫我什么？"

我说："陈先生。"

我看到陈先生笑了起来，陈先生笑着说：

"看来你还不傻，你还知道我是陈先生，来发……"

陈先生又叫了我一声，我也像陈先生那样笑了起来，陈先生说：

"你知道自己叫来发吗？"

我说："知道。"

陈先生说："你叫一遍给我听听？"

我就轻声叫道："来发。"

陈先生哈哈大笑了，我也张着嘴笑出了声音，陈先生笑了一会儿后对我说：

"来发，从今往后，别人不叫你来发，你就不要答应，听懂了没有？"

我笑着对陈先生说："听懂了。"

陈先生点点头，看着我叫道："陈先生。"我赶紧答应："哎！"陈先生说："我叫我自己，你答应什么？"

我没想到陈先生是在叫自己，就笑了起来，陈先生摇了摇头，对我说：

"看来你还是一个傻子。"

陈先生很早以前就死掉了，前几天翘鼻子许阿三也死掉了，中间还死了很多人，和许阿三差不多年纪的人都是白头发白胡子了，这些天，我常听到他们说自己也快死了，我就想我也快要死掉了，他们都说我的年纪比翘鼻子许阿三大，他们问我：

"喂，傻子，你死掉了谁来给你收尸？"

我摇摇头，我真不知道死掉以后，谁来把我埋了。我问他们死了以后谁去收尸，他们就说：

"我们有儿子，有孙子，还有女人，女人还没死呢，你呢，你有儿子吗？你有孙子吗？你连女人都没有。"

我就不做声了，他们说的我都没有，我就挑着担子走开去。他们说的，许阿三倒是都有。翘鼻子许阿三被烧掉的那天，我看到了他的儿子，他的孙子，还有他家里的人在街上哭着喊着走了过去。我挑着空担子跟着他们走到火化场，一路上热热闹闹的，我就想要是自己有儿子，有孙子，家里再有很多人，还真是很好的事。我走在许阿三的孙子旁边，这孩子哭得比谁都响，他一边哭一边问我：

"喂，我是不是你的爹？"

现在，年纪和我差不多的人都不想再做我的爹了，以前他们给我取了很多名字，到头来他们还是来问我自己，问我叫什么名字。他们说：

"你到底叫什么？你死掉以后我们也好知道是谁死了……你想想，许阿三死掉了，我们只要一说许阿三死了，谁都会知道。你死了，我们怎么说呢？你连个名字都没有……"

我知道自己叫什么名字，我叫来发。以前只有陈先生一个人记得我的名字，陈先生死掉后，就没有人知道我的名字了。现在他们都想知道我叫什么，我不告诉他们，他们就哈哈地笑，说傻子就是傻子，活着时是个傻子，死掉后躺到棺材里还是个傻子。

我也知道自己是个傻子，知道我这个傻子老了，我这个傻子快要死了。有时想想，觉得他们说得也对，我没有儿子，没有孙子，死了以后就没人哭着喊着送我去烧掉。我还没有自己的名字，我死掉后，他们都不知道是谁死了。

这些天，我常想起从前的那条狗来，那条又瘦又小，后来长得又壮又大的黄狗，他们也叫它傻子，我知道他们叫它傻子是在骂它，我不叫它傻子，我叫它：

"喂。"

那个时候街上的路没有现在这么宽，房子也没有现在这么高，陈先生经常站在药店门口，他的头发还都是黑的，就是翘鼻子许阿三，都还很年轻，还没有娶女人，他那时常说：

"像我这样二十来岁的人……"

那个时候我爹倒是已经死了，我挑着煤一户一户人家送，一个人送了有好几年了。我在街上走着，时常看到那条狗，又瘦又小，张着嘴，舌头挂出来，在街上舔来舔去，身上是湿淋淋的。我时常看到它，所以翘鼻子许阿三把它提过来时，我一眼就认出它来了，许阿三先是叫住我，他和好几个人一起站在他家门口，许阿三说：

"喂，你想不想娶个女人？"

我站在路的对面看到他们嘿嘿地笑，我也嘿嘿地笑了几下，他们说：

"这傻子想要女人，这傻子都笑了……"

许阿三又说："你到底想不想娶个女人？"

我说："娶个女人做什么？"

"做什么？"许阿三说，"和你一起过日子……陪你睡觉，陪你吃饭……你要不要？"

我听许阿三这样说，就点了点头，我一点头，他们就把那条狗提了出来，许阿三接过来递给我，那狗的脖子被捏着，四条腿就蹬来蹬去，汪汪乱叫，许阿三说：

"喂，你快接过去。"

他们在一边哈哈笑着，对我说：

"傻子，接过来，这就是你的女人。"

我摇摇头说："它不是女人。"

许阿三冲着我叫起来：

"它不是女人？那它是什么？"

我说："它是一条狗，是小狗。"

他们哈哈笑起来说："这傻子还知道狗……还知道是小狗……"

"胡说。"许阿三瞪着我说道，"这就是女人，你看看……"

许阿三提着狗的两条后腿，扯开后让我看，他问我：

"看清楚了吗？"

我点点头，他就说：

"这还不是女人？"

我还是摇摇头，我说：

"它不是女人，它是一条雌狗。"

他们哄哄地笑起来，翘鼻子许阿三笑得蹲到了地上，那条小狗的后腿还被他捏着，头擦着地汪汪叫个不止。我站在他们旁边也笑了，笑了一会儿，许阿三站起来指着我，对他们说：

"他还看出了这狗是雌的。"

说完他蹲下去又吱吱地笑了，笑得就像是知了在叫唤，他的手一松开，那条狗就忽地跑了。

从那天起，翘鼻子许阿三他们一见到我就要说：

"喂，你的女人呢……喂，你女人掉到粪坑里去啦……喂，你女人正叉着腿在撒尿……喂，你女人吃了我家的肉……喂，你女人像是怀上了……"

他们哈哈哈哈笑个不停，我看到他们笑得高兴，也跟着一起笑起来，我知道他们是在说那条狗，他们都盼着有一天我把那条狗当成女人娶回家，让我和那条狗一起过日子。

他们天天这么说，天天这么看着我哈哈笑，这么下来，我再看到那条狗时，心里就有点怪模怪样的。那条狗还是又瘦又小，还是挂着舌头在街上舔来舔去，我挑着担子走过去，走到它身边就会忍不住站住脚，看着它。有一天我轻声叫了它一下，我说：

"喂。"

它听到了我的声音后，对我汪汪叫了好几声，我就给了它半个吃剩下的馒头，它叼起馒头后转身就跑。

给它吃了半个馒头后，它就记住我了，一见到我就会汪汪叫，它一叫，我又得给它吃馒头。几次下来，我就记住了往自己口袋里多装些吃的，在街上遇着它时也好让它高兴。它啊，一看到我的手往口袋里放，就知道了，两只前腿举起来，对着我又叫又抓的。

后来，这条狗就天天跟着我了。我在前面挑着担子走，它在后面走得吧嗒吧嗒响，走完了一条街，我回头一看，它还在后面，汪汪叫着对我摇起了尾巴，再走完一条街它就不见了，我也不知道它跑哪儿去了，等过了一些时候，它又会突然蹿出来，又跟着我走了。有时候它这么一跑开后，要到晚上天黑了的时候才回来，我都躺在床上睡觉了，它跑回来了，蹲在我的门口汪汪叫，我还得打开门，把自己给它看看，它才不叫了，对着我摇了一会儿尾巴后，转身吧嗒吧嗒地往街上走去了。

我和它在街上一起走，翘鼻子许阿三他们看到了都嘿嘿笑，他们问我：

"喂，你们夫妻出来散步？喂，你们夫妻回家啦？喂，你们夫妻晚上睡觉谁搂着谁？"

我说："我们晚上不在一起。"

许阿三说："胡说，夫妻晚上都在一起。"

我又说："我们不在一起。"

他们说："你这个傻子，夫妻图的就是晚上在一起。"

许阿三做了个拉灯绳的样子，对我说：

"咔嗒，这灯一黑，快活就来啦。"

翘鼻子许阿三他们要我和狗晚上都在一起，我想了想，还是没有和它在一起。这狗一到天黑，就在我门口吧嗒吧嗒走开了，我也不知道它去了什么地方，天一亮，它又回来了，在我的门上一蹭一蹭的，等着我去开门。

白天，我们就在一起了。我挑着煤，它在一边走着，我把煤送到别人家里去时，它就在近旁跑来跑去跑一会儿，等我一出来，它马上就跟上我了。

那么过了些日子，这狗就胖得滚圆起来了，也长大了很多，它在我身边一跑，我都看到它肚子上的肉一抖一抖的，许阿三他们也看到了，他们说：

"这母狗，你们看，这肥母狗……"

有一天，他们在街上拦住了我，许阿三沉着脸对我说：

"喂，你还没分糖呢！"

他们一拦住我，那狗就对着他们汪汪叫，他们指着路对面的小店对我说：

"看见了吗？那柜台上面的玻璃瓶，瓶里装着糖果，看见了吗？快去。"

我说："去做什么？"

他们说："去买糖。"

我说："买糖做什么？"

他们说："给我们吃。"

许阿三说："你他妈的还没给我们吃喜糖呢！喜糖！你懂不懂？我们都是你的大媒人！"

他们说着把手伸进了我的口袋，摸我口袋里的钱，那狗见了就在边上又叫又跳。许阿三抬脚去踢它，它就叫着逃开了几步，许阿三又上前走了两步，它一下子逃远了。他们摸到了我胸口的钱，全部拿了出来，取了两张两角的钱，把别的钱塞回到我胸口里，他们把我的钱高高举起，笑着跑到了对面的小店里。他们一跑开，那狗就向我跑过来了，它刚跑到我跟前，一看到他们从小店里出来，马上又逃开去了。许阿三他们在我手里塞了几颗糖，说：

"这是给你们夫妻的。"

他们嘴里咬着糖，哈哈哈哈地走去了。这时候天快黑了，我手里捏着他们给我的糖往家里走，那条狗在我前面和后面跑来跑去，汪汪乱叫，叫得特别响，它一路跟着我叫到了家，到了家它还汪汪叫，不肯离开，在门前对我仰着脑袋，我就对它说：

"喂，你别叫了。"

它还是叫，我又说：

"你进来吧。"

它没有动，仍是直着脖子叫唤着，我就向它招招手，我一招手，它不叫了，忽地一下蹿进屋来。

从这天起，这狗就在我家里住了。我出去给它找了一堆稻草回来，铺在屋角，算是它的床。这天晚上我前前后后想了想，觉得让狗住到自己家里来，和娶个女人回来还真是有点一样，以后自己就有个伴了，就像陈先生说的，他说：

"娶个女人，就是找个伴。"我对狗说："他们说我们是夫妻，人和狗是不能做夫妻的，我们最多只能做个伴。"

我坐到稻草上，和我的伴坐在一起。我的伴对我汪汪叫了两声，我对它笑了笑，我笑出了声音，它听到后又汪汪叫了两声，我又笑了笑，还是笑出了声音，它就又叫上了。我笑着，它叫着，那么过了一会儿，我想起来口袋里还有糖，就摸出来，我剥着糖纸对它说：

"这是糖，是喜糖，他们说的……"

我听到自己说是喜糖，就偷偷地笑了几下，我剥了两颗糖，一颗放到它的嘴里，还有一颗放到自己嘴里，我问它：

"甜不甜？"

我听到它咔咔地咬着糖，声音特别响，我也咔咔地咬着糖，声音比它还要响，我们一起咔咔地咬着糖，咬了几下我哈哈地笑出声来了，我一笑，它马上就汪汪叫上了。

我和狗一起过日子，过了差不多有两年，它每天都和我一起出门，我挑上重担时，它就汪汪叫着在前面跑，等我担子空了，它就跟在后面走得慢吞吞的。镇上的人看到我们都喜欢嘻嘻地笑，他们向我们伸着手指指指点点，他们问我：

"喂，你们是不是夫妻？"

我嘴里"嗯"了一下，低着头往前走。

他们说："喂，你是不是一条雄狗？"

我也"嗯"了一下，陈先生说：

"你好端端的一个人，和狗做什么夫妻？"

我摇着头说："人和狗不能做夫妻。"

陈先生说："知道就好，以后别人再这么叫你，你就别嗯嗯地答应了……"

我点点头，"嗯"了一下，陈先生说：

"你别对着我嗯嗯的，记住我的话就行了。"

我又点点头"嗯"了一下，陈先生挥挥手说：

"行啦，行啦，你走吧。"

我就挑着担子走了开去，狗在前面吧嗒吧嗒地跑着。这狗像是每天都在长肉，我觉得还没过多少日子，它就又壮又大了，这狗一大，心也野起来了，有时候一整天都见不着它，不知道它跑哪儿去了，要到天黑后它才会回来，在门上一蹭一蹭的。我开了门，它溜进来后就在屋角的稻草上趴了下来，狗脑袋搁在地上，眼睛斜着看我。我这时就要对它说：

"你回来啦，你回来就要睡觉了，我还没有说完话，你就要睡觉了……"

我还没有说完话，狗眼睛已经闭上了，我想了想，也把自己的眼睛闭上了。

我的狗大了，也肥肥壮壮了，翘鼻子许阿三他们见了我就说：

"喂，傻子，什么时候把这狗宰了？"他们吞着口水说，"到下雪的时候，把它宰了，放上水，放上酱油，放上桂皮，放上五香……慢慢地炖上一天，真他妈的香啊……"

我知道他们想吃我的狗了，就赶紧挑着担子走开去，那狗也跟着我跑去。我记住了他们的话，说下雪的时候要来吃我的狗，我就去问陈先生：

"什么时候会下雪？"

陈先生说："早着呢，你现在还穿着汗衫，等你穿上棉袄的时候才会下雪。"

陈先生这么说，我就把心放下了，谁知道我还没穿上棉袄，还没下雪，翘鼻子许阿三他们就要吃我的狗了。他们拿着一根骨头，把我的狗骗到许阿三家里，关上门窗，拿起棍子打我的狗，要把我的狗打死，打死后还要在火里炖上一天。

我的狗也知道他们要打死它，要吃它，它钻到许阿三床下后就不出来了，许阿三他们用棍子捅它，它汪汪乱叫，我在外面走过时就听到了。

这天上午我走到桥上，回头一看它没有了，到了下午走过许阿三家门口，听到它汪汪叫，我站住脚。我站了一会儿，许阿三他们走了出来，许阿三他们看到我说：

"喂，傻子，正要找你……喂，傻子，快去把你的狗叫出来。"

他们把一个绳套塞到我手里，他们说：

"把它套到狗脖子上，勒死它。"

我摇摇头，我把绳套推开，我说：

"还没有下雪。"

他们说："这傻子在说什么？"

他们说："他说还没下雪。"

他们说："没有下雪是什么意思？"

他们说："不知道，知道的话，我也是傻子了。"

我听到狗还在里面汪汪地叫，还有人用棍子在捅它，许阿三拍拍我的肩膀说：

"喂，朋友，快去把狗叫出来……"

他们一把将我拉了过去，他们说：

"叫他什么朋友……少和他说废话……拿着绳套……去把狗勒死……不去？不去把你勒死……"

许阿三挡住他们，许阿三对他们说：

"他是傻子，你再吓唬他，他也不明白，要骗他……"

他们说："骗他，他也一样不明白。"

我看到陈先生走过来了，陈先生的两只手插在袖管里，一步一步地走过来了。

他们说："干脆把床拆了，看那狗还躲哪儿去！"

许阿三说："不能拆床，这狗已经急了，再一急它就要咬人啦。"

他们对我说："你这条雄狗，公狗，癞皮狗……我们在叫你，你还不快答应！"

我低着头"嗯"了两声，陈先生在一边说话了，他说：

"你们要他帮忙，得叫他真的名字，这么乱叫乱骂的，他肯定不会帮忙，说他是傻子，他有时候还真不傻。"

许阿三说："对，叫他真名，谁知道他的真名？他叫什么？这傻子叫什么？"

他们问："陈先生知道吗？"

陈先生说："我自然知道。"

许阿三他们围住了陈先生，他们问：

"陈先生，这傻子叫什么？"

陈先生说："他叫来发。"

我听到陈先生说我叫来发，我心里突然一跳。许阿三走到我面前，搂着我的肩膀，叫我：

"来发……"

我心里咚咚跳了起来，许阿三搂着我往他家里走，他边走边说：

"来发，你我是老朋友了……来发，去把狗叫出来……来发，你只要走到床边上……来发，你只要轻轻叫一声……来发，你只要喂地叫上一声……来发，就看你了。"

我走到许阿三的屋子里，蹲下来，看到我的狗趴在床底下，身上有很多血，我就轻轻地叫了它一声：

"喂。"

它一听到我的声音，忽地一下蹿了出来，扑到我身上来，用头用身体来撞我，它身上的血都擦到我脸上了，它呜呜地叫着，我还从来没有听到它这样呜呜地叫过，叫得我心里很难受。我伸手去抱住它，我刚抱住它，他们就把绳套套到它脖子上了。他们一使劲，把它从我怀里拉了出去。我还没觉察到，我抱着狗的手就空了。我听到它汪地叫了半声，它只叫了半声。我看到它四条腿蹬了几下，就蹬了几下，它就不动了。他们把它从地上拖了出去，我对他们说：

"还没有下雪呢。"

他们回头看看我，哈哈哈哈笑着走出屋去了。

　　这天晚上，我一个人坐在狗睡觉的稻草上，一个人想来想去，我知道我的狗已经死了，已经被他们放上了水，放上了酱油，放上了桂皮，放上了五香，他们要把它在火里炖上一天，炖上一天以后，他们就会把它吃掉。

　　我一个人想了很久，我知道是我自己把狗害死的，是我自己把它从许阿三的床底下叫出来的，它被他们勒死了。他们叫了我几声来发，叫得我心里咚咚跳，我就把狗从床底下叫出来了。想到这里，我摇起了头，我摇了很长时间的头，摇完了头，我对自己说：以后谁叫我来发，我都不会答应了。

一九九四年十月五日

炎热的夏天

"有男朋友会有很多方便，比如当你想看电影时，就会有人为你买票，还为你准备了话梅、橄榄，多得让你几天都吃不完；要是出去游玩，更少不了他们，吃住的钱他们包了，还得替你背这扛那的……按现在时髦的说法，他们就是赞助商。"

　　温红说着眼睛向大街上行走的人望去。

　　这是一个夏日之夜，黎萍洗完澡以后穿着睡裙躺在藤榻里，她就躺在屋门外的街上。那条本来就不算宽敞的街道被纳凉的人挤得和走廊一样狭窄，他们将竹床、藤椅什么的应该是放在屋中的家具全搬到外面来了，就是蚊帐也架到了大街上，他们发出嗡嗡的响声，仿佛是油菜花开放时蜜蜂成群而来。这街道上拥挤的景象，很像是一条长满茂盛青草的田埂。黎萍躺在藤榻里，她的长发从枕后披落下来，地上一台电扇仰起吹着她的头发。温红坐在一旁，她说：

"我看见了一个赞助商。"

"是谁？"黎萍双手伸到脑后甩了甩长发。

"李其刚，"温红说道，"把他叫过来？"

黎萍突然咯咯笑了起来，她说："那个傻瓜？"

温红说："他看到我们了。"

黎萍问："他在走过来？"

温红点点头："走过来了。"

黎萍说："这傻瓜追求过我。"

温红压低声音："也追求过我。"

两个女人同时高声笑了起来。那个名叫李其刚的男子微笑着走到她们面前，他问：

"什么事这么高兴？"

两个女人笑得更响亮了，她们一个弯着腰，另一个在藤榻里抱住了自己的双腿。李其刚很有风度地站在一旁，保持着自己的微笑，他穿着短袖的衬衣，下面是长裤和擦得很亮的皮鞋。他用手背擦着额上的汗，对她们说：

"他们都在看你们呢。"

一听这话，两个女人立刻不笑了，她们往四周看了看，看到一些人正朝这里张望。温红挺直了身体，双手托住自己的头发甩了甩，然后看看躺在藤榻里的黎萍，黎萍这时坐起来了，她正将睡裙往膝盖下拉去。李其刚对她们说：

"你们应该把头发剪短了。"

两个女人看看他，接着互相看了一眼，李其刚继续说：

"剪成小男孩式的发型。"

温红这时开口了，她摸着自己的头发说：

"我喜欢自己的发型。"

黎萍说："我也喜欢你的发型。"

温红看着黎萍的头发说：

"你的发型是在哪里做的？"

黎萍说："在怡红做的，就是中山路上那家怡红美发厅。"

"做得真好，眼下欧洲就流行这发型。"温红说。

黎萍点点头，说道：

"这发型是在进口画报上看到的，那画报上面没有一个中国字，全是英文，我还看到你这种发型，当时我还真想把头发做成你这样的。你这发型特别适合你的脸。"

"林静她们也这么说。"温红说着用手摸了摸自己的头发。

站在一旁的李其刚看到两个女人互相说着话，谁都不来看他一眼，他就再次插进去说：

"还是男孩式的发型好看，看上去显得精神，再说夏天那么热，头发长了……"

李其刚还没有说完，温红就打断他，问他：

"你穿着长裤热不热？"

李其刚低头看看自己的长裤，说道：

"这是毛料的长裤，穿着不热。"

温红差不多惊叫起来：

"你穿的是毛料的长裤？"

李其刚点头说："百分之九十的毛料。"

温红看着黎萍说："还是百分之九十的毛料？"

两个女人咯咯笑了起来，李其刚微笑着看着她们，黎萍在藤榻里坐起来，问李其刚：

"你为什么不买百分之一百的纯毛长裤？"

李其刚就蹲下去解了皮鞋带，然后把左脚从皮鞋里抽了出来，踩到黎萍的藤榻上，指着裤子上熨出的那条笔直的线说：

"看到这条道路了吗？要是百分之一百的毛料裤子就不会有这么笔直的道路。"

黎萍说："你可以熨出来。"

李其刚点着头说："是可以熨出来，可是穿到身上十分钟以后，这条道路就没有了。百分之一百的毛料裤子不好。"

温红这时伸手摸了摸李其刚的裤子，她说：

"这么厚的裤子，就是百分之九十也热。"

说完她看着黎萍："你说呢？"

黎萍接过来说："这裤子一看就厚，你刚才走过来时，我还以为你穿着棉裤呢。"

温红咯咯笑起来，她笑着说：

"我以为是呢料裤子。"

李其刚微笑着把那只脚从黎萍的藤榻上拿下来，塞到皮鞋里，弯腰系上了鞋带，然后他说道：

"当然比起他们来……"

他指指几个穿着西式短裤走过的年轻人说道：

"比起他们来是热一些，长裤总比短裤要热。"

他捏住裤子抖了抖，像是给自己的两条腿扇了扇风似的，他继续说：

"有些人整个夏天里都穿着短裤，还光着膀子，拖着一双拖鞋到处走，他们没关系，我们就不行了，我们这些机关里的国家干部得讲究个身份，不说是衣冠楚楚，也得是衣冠整洁吧？"

李其刚说到这里从口袋里掏出手帕擦了擦额上的汗，温红和黎萍相互看了看，她们都偷偷笑了一下，温红问他：

"你们文化局现在搬到哪里去了？"

李其刚说："搬到天宁寺去了。"

温红叫了起来："搬到庙里去啦？"

李其刚点点头，他说：

"那地方夏天特别凉快。"

"冬天呢？"黎萍问他。

"冬天……"李其刚承认道，"冬天很冷。"

"你们文化局为什么不盖一幢大楼？你看人家财税局、工商局的大楼多气派。"温红说。

"没钱，"李其刚说，"文化局是最穷的。"

温红问他："那你就是机关里最穷的国家干部了？"

"也不能这样说。"李其刚微笑着说。

黎萍对温红说："再穷也是国家干部，国家干部怎么也比我们有身份。"

黎萍说完问李其刚："你说是吗？"

李其刚谦虚地笑了笑，他对两个女人说：

"不能说是比你们有身份，比起一般的工人来，在机关里工作是体面一些。"

两个女人这时咯咯笑了起来，李其刚又说到她们的发型上，他再一次建议她们：

"你们应该把头发剪短了。"

两个女人笑得更响亮了，李其刚没在意她们的笑，他接着说：

"剪成红花那种发型。"

"谁的发型？"温红问他。

"红花，那个歌星。"李其刚回答。

两个女人同时"噢"了一声，黎萍这时说：

"我看不出红花的发型有什么好。"

温红说："她的脸太尖了。"

李其刚微笑地告诉她们："一个月以后，我要去上海把她接到这里来。"

两个女人一听这话愣住了，过了一会儿温红才问：

"红花要来？"

"是的。"李其刚矜持地点了点头。

黎萍问："是来开演唱会？"

李其刚点着头说："最贵的座位票要五十元一张，最便宜的也得三十元。"

两个女人的眼睛闪闪发亮了，她们对李其刚说：

"你得替我们买两张票。"

"没问题，"李其刚说，"整个事都是我在联系，到时买两张票绝对没问题。"

黎萍说："你就送给我们两张票吧。"

温红也说："就是，你手里肯定有很多票，送我们两张吧。"

李其刚迟疑了一下，然后说：

"行，就送给你们两张。"

两个女人同时笑了起来，黎萍笑着说：

"你要给我们五十元的票。"

温红说："三十元的票，我们不要。"

黎萍说："就是，别让我们坐到最后一排座位，红花的脸都看不清楚。"

李其刚又迟疑了一下，他擦了擦额上的汗，说道：

"我争取给你们五十元的票。"

"别说争取，"温红说，"你那么有身份的人说'争取'多掉价啊。"

黎萍笑着接过来说："就是嘛，像你这么有地位、有身份的人拿两张好一点的票，还不是易如反掌。"

李其刚很认真地想了一会儿，说道：

"就这样定了，给你们两张五十元的票。"

两个女人高兴得叫了起来，李其刚微笑着看看手腕上的表，说他还有事要走了，两个女人就站起来，送了他几步，等李其刚走远后，她们差不多同时低声说了一句：

"这个傻瓜。"

接着咯咯笑了起来，笑了一会儿，温红说：

"这傻瓜真是傻。"

黎萍说："傻瓜有时也有用。"

两个女人再一次咯咯地笑了起来，然后温红轻声问黎萍：

"他什么时候追求你的？"

"去年，"黎萍回答，"你呢？"

"也是去年。"

两人又咯咯地笑了一阵，温红问：

"怎么追求的？"

"打电话，"黎萍说，"他给我打了个电话，约我到文化局门口见面，说是有个活动，说从上海来了一个交谊舞老师，要教我们跳舞，我就去了……"

温红说："你没见到那个交谊舞老师。"

"你怎么知道？"

"他也这样约过我。"

"他也要你陪他散步？"

"是的，"温红说，"你陪他散步了吗？"

黎萍说："走了一会儿，我问他是不是该去学跳舞了，他说不学跳舞，说约我出来就是一起走走，我问他一起走走是什么意思。"

温红插进去说："他是不是说互相了解一下？"

黎萍点点头，问温红：

"他也这么对你说？"

"是的，"温红说，"我问他为什么要互相了解一下。"

"我也这样问他。"

"他说他想和我交个朋友，我问他为什么要交朋友。"

黎萍接过来说："他就支支吾吾了。"

"对，"温红说，"他伸手去摸自己的嘴，摸了好一会儿，才说……"

黎萍学着李其刚的语气说："看看我们能不能相爱。"

两个女人这时大声笑了起来，都笑弯了身体，笑了足足有五六分钟才慢慢直起身体，黎萍说：

"听他说到什么相爱时，我就毛骨悚然。"

温红说："我当时心里就像被猫爪子抓住一样难受。"

她们又大声笑了，笑了一阵，温红问黎萍：

"你怎么回答他？"

"我说我要回家了。"

"你还真客气，"温红说，"我对他说：'蛤蟆想吃天鹅肉。'"

一个多月以后的傍晚，温红来到黎萍家，那时候黎萍正在镜子前打扮自己，她刚刚梳完头发，开始描眉了，手里拿着一支眉笔给温红开了门，温红看到她就问：

"要出去？"

黎萍点点头，她坐回到镜子前，说道：

"去看一场电影。"

温红警觉地问她："和谁一起去？"

黎萍笑而不答，温红就高声叫起来，她说：

"你有男朋友了……他是谁？"

黎萍说："过一会儿你就会知道。"

"好啊，"温红打了黎萍一下，"有男朋友了也不告诉我。"

黎萍说："这不告诉你了吗？"

"那我就等着见他吧。"

温红说着在旁边的沙发里坐了下来，她看着黎萍化妆，黎萍往嘴唇上涂着口红说道：

"这进口的口红真不错。"

温红想起了什么，她说：

"我上午遇到李其刚了，他戴了一根进口的领带，那领带真是漂亮……"

黎萍说："是那位大歌星红花送给他的。"

"对，他告诉我是红花送的。"温红说道，然后有些警觉地问黎萍：

"你怎么知道的？"

黎萍双手按摩着自己的脸说："他告诉我的。"

温红笑了笑，她说：

"你知道吗？红花喜欢上李其刚了。"

温红看到黎萍在镜子里点了点头，她就问：

"你也知道？"

"知道。"黎萍回答。

"是他自己告诉你的？"

"是啊。"

"这个李其刚……"温红似有不快地说道，"他让我谁也别说，自己倒去和很多人说了。"

"他没和很多人说，不就我们两个人知道吗？"黎萍为李其刚辩护道。

"谁知道呢！"温红说。

黎萍站起来，开始试穿放在床上的一条裙子，温红看着她穿上，黎萍问她：

"怎么样？"

"很不错。"温红说，接着问道：

"他和你说了多少？"

"什么？"

"就是红花追求他的事。"

"没多少。"黎萍回答。

温红看着黎萍的身体在镜子里转来转去，她又问：

"你知道他和红花在饭店的房间里待了一个晚上吗？"

黎萍一听这话霍地转过身来，看着温红说：

"他连这些也告诉你了。"

"是的。"温红有些得意，随即她马上发现了什么，立刻问黎萍：

"他也告诉你了？"

黎萍看到温红的神色有些异常，就转过身去，若无其事地说道：

"是我问他的。"

温红微微笑了起来，她说：

"我没问他，是他自己告诉我的。"

黎萍低着头偷偷一笑，温红将手臂伸开放到沙发的靠背上，她看着黎萍的背影说：

"这个李其刚还是很有风度的，你说呢？"

"是啊，"黎萍说，"要不像红花这样漂亮，又这样有名的女人怎么会喜欢他？"

温红点着头，她将伸开的手臂收回来放到胸前，说：

"其实红花并不漂亮，远着看她很漂亮，凑近了看她就不是很漂亮。"

"你什么时候凑近了看过她？"

"我没有，"温红说，"是李其刚告诉我的。"

黎萍脸上出现了不快的神色，她问：

"他怎么对你说的？"

温红显得很高兴，她说：

"他说红花没有我漂亮。"

"没有你漂亮？"

"没有我们漂亮。"温红补充道。

"我们？"

"你和我。"

"他说到我了吗？"

"说到了。"

"可你一开始没这么说。"

温红有些吃惊地看着黎萍，她说：

"你不高兴了？"

"没有。"黎萍赶紧笑了笑，然后转过身去，看着镜子里的自己，她用左手擦了擦眼角。

温红继续说："他们两个人在饭店里待了一个晚上，你说会做些什么？"

"我不知道，"黎萍说，"他没告诉你？"

"没有。"温红试探地回答。

黎萍就说："可能什么都没有发生。"

"不，"温红说，"他们搂抱了。"

"是红花抱住他的。"黎萍立刻说。

随后，两个女人都怔住了，她们看着对方，看了一会儿，黎萍先笑了，温红也笑了笑，黎萍坐到了椅子里，这时有人敲门了，黎萍正要站起来，温红说：

"我替你去开门。"

说着温红走了过去，将门打开，她看到衣冠楚楚的李其刚面带笑容站在门外。李其刚显然没有想到是温红开的门，不由一愣，随后他的头偏了偏，向里面走过来的黎萍说：

"你真漂亮。"

温红听到黎萍咯咯笑了，黎萍经过她身旁走到了门外，伸手抓住门的把手，等着温红走出来，温红突然明白过来，赶紧走到门外，黎萍关上了门。

三个人站在街道上了，黎萍挽住李其刚的手臂，李其刚问温红：

"你有电影票吗？"

温红摇摇头，她说：

"没有。"

这时黎萍挽着李其刚转过身去了，他们走了两步，黎萍回过脸来对温红说：

"温红，我们走啦，你常来玩。"

温红点了点头，看着他们往前走，等他们走出了二十来米远，她转身向另一个方向走去，走了一会儿，她低声对自己说：

"哼。"

一九九三年四月十八日

在桥上

"我们……"

他说着把脸转过来，阳光在黑色的眼镜架上跳跃着闪亮。她感到他的目光像一把梯子似的架在她的头发上，如同越过了一个草坡，他的眼睛眺望了过去。她的身体离开了桥的栏杆，等着他说：

"我们回去吧。"

或者说："我们该回家了。"

她站在那里，身体有些绷紧了，右腿向前微微弯曲，渴望着跨出去。可是他没有往下说。

他依然斜靠在栏杆上，目光飘来飘去，就像断了线的风筝一样。她放松了绷紧的身体，问他：

"你在看什么？"

他开始咳嗽，不是那种感冒引起的咳嗽，是清理嗓子的咳嗽。他准备说什么？她看到他的牙齿爬了上来，将下嘴唇压了下去。一群孩子喊叫着，挥舞着书包拥到桥上，他们像一排栖落在电线上的麻雀，整齐地扑在栏杆上，等一支长长的船队突突响着来到了桥下。

当柴油机的黑烟在桥上弥漫过后，孩子们的嘴噼噼啪啪地响了起来，白色的唾沫荡着秋千飞向了船队，十多条驳船轮流驶入桥洞，接受孩子们唾沫的沐浴。站在船头的人挥舞着手，就像挡开射来的利箭一样，抵挡着唾沫。他们只能用叫骂来发泄无可奈何的怒气，在这方面，他们豢养的狗做得更为出色，汪汪吼着在船舷上来回奔跑，如同奔跑在大街上，狗的表演使孩子们目瞪口呆，他们忘记了自己的恶作剧，惊奇地咧嘴看着，发出了咯咯的笑声。

他又说："我们……"

她看着他，等着他往下说。

大约有一个星期了，他突然关心起她的例假来了，这对他是从未有过的事。他们的婚姻持续了五年以后，这一天他躺在床上，那是中午的时候，衣服没脱，还穿着鞋，他说不打算认真地睡觉，他抱着被子的一个角斜着躺了下去，打着哈欠说：

"我就随便睡一下。"

她坐在靠窗的沙发上，为他织着一条围巾，虽然冬天还远着呢，可是，用她的话说是有备才能无患。秋天的阳光从窗口照射进来，使她感到脖子上有一股微微发痒的温暖，而且使她的左手显得很明亮。这一切和躺在床上呼呼睡着的丈夫，让她心满意足。

这时，她的丈夫，那位卡车司机霍地坐了起来，就像卡车高速奔跑中的紧急刹车一样突然，他问：

"它来了没有？"

她吓了一跳，问道："谁来了？"

他没有戴眼镜的双眼突了出来，焦急地说：

"例假，月经，就是老朋友。"

她笑了起来，老朋友是她的说法，她和它已经相处了十多年，这位老朋友每个月都要来问候她，问候的方式就是让她的肚子经常抽搐。她摇摇头，老朋友还没有来。

"应该来了。"他说着戴上了眼镜。

"是应该来了。"她同意他的话。

"可他妈的为什么不来呢？"

他显得烦躁不安。在这样的一个温和晴朗的中午，他睡得好好的突然跳起来，结果什么事都没有，只是为了问一下她的例假是否来了。她觉得他的样子很滑稽，就笑出了声音。他却是心事重重，坐在床沿上歪着脑袋说道：

"妈的，你是不是怀上了？"

她不明白他为什么是这样的表情，即便怀上了孩子也不是什么坏事，他把她娶过来的时候就这样说过：

"你要给我生个儿子，我要儿子，不要女儿。"

她说："你不是想要一个儿子？"

"不，"他几乎是喊叫了出来，"不能有孩子，这时候有孩子我就……就不好办了。"

"什么不好办？"她问，又站起来说，"我们是合法夫妻……我又不是偷偷爬到你床上的，我是你敲锣打鼓迎回家的，有什么不好办？你忘了你还租了两辆轿车，三辆面包车……"

"我不是这个意思。"他摆手打断她的话。

"那是什么意思？"

在后来的一个星期里，他着了魔似的关心着她的那位老朋友，每次出车后回家，如果那时候她在家中的话，就肯定会听到他急促响亮的脚步声，在楼梯上隆重地响过来，其间夹杂着钥匙互相碰撞的清脆之声，所以他能很快地打开屋门，出现在她的面前，眼睛向阳台张望，然后沮丧地问她：

"你没洗内裤？"

得到肯定的回答后，他还会以残存的希望再次问她：

"它来了吗？"

"没有。"她干脆地回答他。

他一下子变得四肢无力了，坐在沙发里叹息道：

"现在是我最不想做父亲的时候。"

他的模样让她感到费解，他对她怀孕的害怕使她觉得他不像个正常人，她说：

"你究竟是怎么了？你为什么这么怕我怀孕？"

这时候他就会可怜巴巴地看着她，什么话都不说。她心软了，不再去想这些，开始为他着想，安慰他：

"我才推迟了五天，你忘了，有一次它晚来了十天。"

他的眼睛在镜片后面一下子闪亮了："有这样的事？"

她看到他的脸上出现了天真的笑容，在昨天，他就是这样天真地笑着问她：

"你用卫生巾了吗？"

她说："还没到时候。"

"你要用，"他说，"你不用卫生巾，它就不会来。"

"哪有这种事。"她没在意他的话。

他急了，叫道："钓鱼不用鱼饵的话，能钓上鱼吗？"

她用上了卫生巾，他以孩子般的固执让她这么做了。她一想到这是在钓鱼，内裤里夹着的卫生巾，在她丈夫眼中就是鱼饵，就忍不住会笑出声来。要不是他天真的神态，她是绝不会这样做的。有时候她也会想到在过去的五年里，他从来没有这样关心过她的那位老朋友何时来到，就是在一次午睡里突然醒来后，他像是变成了另一个人。她没有细想这变化意味着什么，而是感到自己也被这迟迟未到的例假弄得紧张起来。在此之前，她从来没把这事放在心上，最多是在肚子抽搐的时候有几声抱怨，现在她必须认真对待了，她开始相信自己有可能怀孕了。

而且，他也这样认为了，他不再指望卫生巾能让月经上钩。

"肯定怀上了，"他说，然后笑道，"你得辛苦一下了。"

她知道他在说什么，让冰冷的手术器械插入她的子宫，就是他所说的辛苦一下。她说：

"我要这个孩子。"

"你听我说，"他坐到了沙发里，显得很有耐心，"现在要孩子还太早，我们没有足够的钱，你一个月挣的钱只够给保姆的工钱，孩子一个月起码花你两个月的钱。"

她说："我们不请保姆。"

"你想累死我。"他有些烦躁了。

"不会让你受累的，我自己来照管孩子。"

"你自己都还是个孩子，一个孩子已经够我受了，要是两个孩子……"他坐到了沙发里，悲哀地说，"我怎么活啊。"

接着，他站起来挥挥手，表示已经决定了，说道：

"打掉吧。"

"又不是你去打胎，"她说，"疼也不会疼着你。"

"你才二十四岁，我只比你大一岁，你想想……"

这时候他们两个人正朝医院走去，那是在下午，显然他们已经确定怀上了，他们去医院只是为了最后证实。街上行人不多，他压低了嗓音边走边说：

"你想想，现在有了孩子，我们五十岁不到就会有孙子了，你四十岁就做奶奶了，那时候你长相、身材什么的都还没变，在街上一走，别人都还以为你才三十出头，可你做上奶奶了，这多无聊。"

"我不怕做奶奶。"她扭头说道。

"可是我怕做爷爷，"他突然吼叫了起来，看到有人向这里望来，他压低声音怒气冲冲地说，"他妈的，这几天我白费口舌了。"

她微微一笑，看着他铁青的脸说：

"那你就什么都别说。"

他们朝医院走去，他的声音还在她耳边喋喋不休，进行着垂死挣扎，他想用雨滴来敲开石头。她开始感到不安，她的丈夫这样害怕自己的孩子来到，如果她把孩子生下来，他不知道会怎样。她的不安就从这里开始。她站住了脚，觉得肚子里出现了抽搐，她仿佛听到了流动的响声，一股暖流缓缓而下。她知道这是什么，于是松了口气，她不会感到不安了，她丈夫也不会怒气冲冲了。她说：

"不要去医院了。"

他还在说服她，听到她的话后，他疲惫地挥挥手，以为她生气了，就说：

"行啦，我不说啦。"

她说："老朋友来了。"

说完她笑了起来，他瞠目结舌地看着她。然后她向右前方的厕所走去，他站在影剧院的台阶旁等着她。当她微笑着走出来，在远处就向他点头后，他知道那位老朋友确实来到了。他嘿嘿地笑了起来，这天下午他一直嘿嘿笑着，走到那座桥上才收起笑容。此后他突然变得严肃起来，陷入了沉思默想。

她站在他的身旁，看着那支长长的船队远去，孩子们也叽叽喳喳地离开了。他已经很长时间不说话了，刚才他说："我们……"她以为他要回家了，可是他没有抬起脚来。她轻轻笑了一下，她现在知道他想说什么了，他会说："别回家做饭了，我们去饭店。"他脸上会挂着得意洋洋的笑容，他会说："我们应该庆祝一下，好好庆祝。"然后他的舌头会伸出来迅速舔一下嘴唇，说道："我得喝一扎生啤。"他总能找到庆祝的理由，就是在什么理由都没有的时候，他也会说："今天心情好，该庆祝一下。"

这时候他一直飘忽不定的目光望到了她的脸上，他深深吸了口气后说：

"我们……"

他停顿了一下，嗓音沙沙地继续说道：

"我们离婚吧。"

她呆呆地看着他，像是没有听明白他的话，他将身体转动了半圈，带着尴尬的笑容说：

"我先走了。"

她半张着嘴，看着他将双手插在裤袋里仿佛是不慌不忙地走去，风吹过来把他的头发掀起。他的动作如此敏捷，她还没有来得及做出反应，他已经成功地挤入了下班的人流，而且还掩饰了自己的慌张。他走去时全身绷紧了，两条腿迈出去就像是两根竹竿一样笔直，他感到膝盖那地方不会弯曲了。可是在她眼中，他却是若无其事地走去。

他的迅速逃跑，使她明白他的话不是一句玩笑，她感到呼吸里出现了沙沙的声响，就像是风吹在贴着纸的墙上那样。

一九九三年二月十九日

他们的儿子

星期六下午五点的时候，三百多名男女工人拥挤在机械厂的大门口，等待着下班铃声响起来，那扇还是紧闭的铁门被前面的人拍得哗啦哗啦响，后面的人嗡嗡地在说话，时而响起几声尖厉的喊叫。这些等待下班的工人就像被圈在栅栏里的牲口，在傍晚暗淡下来的光芒里，无所事事地挤在了一起，挤在冬天呼啸着的风中。他们身后厂房的几排宽大的窗户已经沉浸到了黑暗之中，厂房的四周空空荡荡，几片扬起的灰尘在那里飘荡着。

　　今年五十一岁的石志康穿着军大衣站在最前面，正对着两扇铁门合起来以后出现的一条缝，那条缝隙有大拇指一样宽，冬天的寒风从那里吹进来，吹在他的鼻子上，让他觉得自己的鼻子似乎比原先小了一些。

　　石志康的身边站着管大门的老头，老头的脑袋上光秃秃的，被寒风吹得微微有些发红，老头穿着很厚的棉衣，棉衣外面裹着一件褪了色的工作服，一把像手那么大的钥匙插在胸前的口袋里，露出半截在外面，很多人嚷嚷着要老头把铁门打开，老头像是没有听到似的，望望这边，看看那里，谁冲着他说话，他就立刻把脸移开。直到下班的铃声响起来，老头才伸手把胸前的钥匙取出来，最前面的人身体都往后靠了靠，给他让出一个宽敞的地方，他走上去，他在将钥匙插进锁孔之前，胳膊肘往后摆了几下，没有碰到什么后才去开锁。

石志康第一个走出了工厂的大门，他向右疾步走去，他要走上一站路，在那里上电车。其实这一趟电车在工厂大门外就有一站，他往前走上一站，是为了避开和同厂的工人挤在一起。起码有四十多个工人将在那里挤着推着上同一趟电车，而电车到他们厂门口时已经有满满一车人了。

石志康往前走去时心里想着那四十多个同厂的工人，他不用回头就能想象出他们围在厂门外那个站牌四周的情形，就像刚才挤在工厂大门前那样，这中间有十来个身强体壮的年轻人，还有十多个是女工，这十多个女工中间有三个是和他同时进厂的，现在她们身上都带着病，一个心脏不好，两个有肾病。

他这么想着看到了前面的站牌，一辆电车正从更前面的大街上驶过来，他立刻把插在口袋里的两只手拿出来，手甩开以后跑起来快，他和电车差不多同时到了站牌前。

那里已经站了三堆人了，电车慢慢驶过来，那三堆人就跟着电车的三个车门移过来，电车停下后，三堆人也停下不动了。车门一打开，车上的人像是牙膏似的连成一条紧贴着挤了出来，然后下面的人圆圆一团地挤了进去。

当电车来到石志康所在工厂的大门口时，他已经挤到电车的中间，他的两条胳膊垂直地贴着身体所留出的缝隙里。电车没有在他工厂的这一站停下，直接驶了过去。

他看到站牌四周站着的同厂工人已经没有四十来个了，最多只有十五六人，另外还有七八个陌生的人，他心想在这趟车之前起码有一两趟车经过了。那三个体弱的女工显然挤不上刚才经过的车，此刻还站在那里，就站在站牌前，心脏不好的那个在中间，两个有肾病的在两侧，三个人紧挨着，都穿着臃肿的棉大衣，都围着黑毛线织成的围巾，寒风将她们三人的头发吹得胡乱飘起，逐渐黑下来的天色使她们的脸像是烧伤似的模糊不清了。

电车驶过去时，石志康看到她们三个人的头同时随着电车转了过来，她们是在看着他所乘坐的电车驶去。

坐了九站以后，石志康下了电车，他往回走了三十多米，来到另一个站牌下，他要改乘公交车了。这时候天色完全黑了，路灯高高在上，灯光照到地面上时已经十分微弱，倒是街两旁商店的灯光很明亮，铺满了人行道，还照到了站牌周围。

站牌前已经有很多人，最前面的人差不多站到马路中间了，石志康走到了他们中间，一辆中巴驶过来，车门打开后一个胸前挂着帆布包的男子探出头来喊着：

"两块钱一位，两块钱一位……"

有两个男的和一个女的上了中巴，那个男子仍然探着头

喊叫，

"两块钱一位……"

这时公交车在前面拐角的地方出现了，中巴上喊叫的男子看到公交车来了，立刻缩回了脑袋，关上车门后中巴驶出了等车的人群，公交车隆隆地驶了过来。

石志康迅速地插到了最前面，然后微微伸开两条胳膊，随着公交车的驶过来而往后使劲退去，在他后面的一些人都被挤到了人行道上，最前面的车门从他身前滑了过去，他判断着车速向前移动着，估计自己会刚好对上中间的车门，结果公交车突然刹车，使他没对上中间的车门，差了有一两米。他从最前面掉了出来，差不多掉到了最外面。

车门打开后，只下来了三个人。石志康往中间移了两步，将两只手从前面的人缝里插进去，在往车上挤的时候，他使出了一个钳工所应该有的胳膊上的力气，将前面人缝一点点扩大，自己挤进了缝中，然后再继续去扩大前面的人缝。

石志康用自己全部的力气将前面的人往两侧分开，又借着后面的人所使出的劲，把自己推到了车门口。当他两只脚刚刚跨到车上时，突然背后有人抓住了他的大衣领子，一把将他拉了下来。他一屁股坐到了地上，头撞在了一个人的腿上，那个人的腿反过来再把他的头给撞了一下。他抬头一看，是一个姑娘，姑娘很不高兴地看了他一眼，就把眼睛移开了。

石志康站起来时，公交车的车门关上了，车子开始驶去，一个女人的手提包被车门夹住，露出一个角和一截带子，那一截带子摇摇晃晃地随着公交车离去。

他转过身来，想知道刚才是谁把他一把拉了下来，他看到两个和他儿子一样年轻的小伙子正冷冷地看着他，他看了看这两个年轻人，又去看另外那些没有挤上车的人，他们有的也正看着他，有的看着别处。他想骂一句什么，转念一想，还是别骂了。

后来同时来了两辆车，石志康上了后面那一辆。这次他没有在离家最近的那一站下车，而是在前面两站下了车。那里有一个人天天骑着一辆板车，在下午三四点钟来到公交车的站牌下卖豆腐，他的豆腐比别处的豆腐都要香。石志康在纺织厂工作的妻子，要他下班回来时，顺便在那里买两斤豆腐，因为今天是星期六，他们在大学念三年级的儿子将回家来过周末。

石志康买了豆腐后，不再挤车了，而是走了两站多路回家，他回到家中时，已经快到七点了，他的妻子还没有回来，他心里很不高兴。他妻子四点半就应该下班了，而且回家的路也比他近。要是往常这时候，他妻子饭菜都差不多做好了，现在他只能饿着肚子来到厨房，开始洗菜切肉。

他妻子李秀兰回来时，手里提了两条鱼，她一进屋看到石志康正在切肉，急忙问他：

"你洗手了没有？"

石志康心里有气，就生硬地说：

"你没看到我手是湿的。"

李秀兰说：

"你用肥皂了吗？现在街上流行病毒性感冒，还有肺炎，一回家就得用肥皂洗手。"

石志康鼻子里哼了一下，说：

"那你还不早点回家？"

李秀兰把两条鱼放到水槽里，她告诉石志康，这两条鱼才花了三块钱，她说：

"是最后两条，他要五块，我硬是给了他三块钱。"

石志康说：

"买两条死鱼还要那么长时间？"

"死了没多久。"

李秀兰给他看鱼鳃：

"你看，鱼鳃还很红。"

"我是说你。"

他指指手表，直起嗓子说：

"都七点多了，你才回来。"

李秀兰的嗓子也响了起来，她说：

"怎么啦？我回来晚又怎么啦？你天天回来比我晚，我说过你没有？"

石志康问她：

"我下班比你早？我的厂比你的厂近？"

李秀兰说：

"我摔了。"

李秀兰说着将手中的鱼一扔，转身走到房间里去了，她说：

"我从车上摔下来，我半天都站不起来，我在大街旁坐了有三四十分钟，人都快冻僵了……"

石志康把正在切肉的刀一放，也走了过去：

"你摔了？我也摔了一跤，我被人捏住衣领……"

石志康话说了一半，就不说了，他看到李秀兰裤管卷起来后，膝盖旁有鸡蛋那么大一块乌青，他弯下腰用手摸了摸，问她：

"怎么摔的？"

李秀兰说：

"下车的时候，后面的人太挤，把我撞了下来。"

这时候他们的儿子回来了，他穿着一件大红的羽绒服，一进屋看到母亲腿上的伤，也像父亲那样弯下腰，关切地问：

"是摔了一跤？"

然后边脱着羽绒服边说：

"你们应该补充钙，现在不仅婴儿要补钙，上了年纪的人也要补钙，你们现在骨质里每天都在大量地流失钙，所以你们容易骨折……要是我从公交车上被推下来，就绝对不会有那么大的一块乌青。"

他们的儿子说着打开了电视，坐到沙发里，又塞上袖珍收音机的耳机，听起了音乐台的调频节目。

石志康问他儿子：

"你这是在看电视呢，还是在听收音机？"

他儿子转过脸来看了他一眼，像是没有听清父亲在说些什么，又把脸转了回去。这时他母亲说话了，李秀兰说："你洗手了没有？"

他转过脸来，拿下一只耳机问他母亲：

"你说什么？"

"你快去洗手，"李秀兰说，"现在正流行病毒性感冒，公交车上最容易传染病毒，你快去洗手，要用肥皂。"

"我不用洗手。"他们的儿子将耳机塞到耳朵里，然后说："我是坐出租车回来的。"

这天晚上，石志康一直没有睡着，他的妻子李秀兰已经有五个月只拿一百多元薪水，他的情况好一些，也就是拿四百来元，两个人加起来还不到六百，可是现在大米已经涨到一元三角一斤了，猪肉每斤十二元，连辣椒都要三元钱一斤。就是这样，他们每个月仍然给儿子三百元生活费，给自己才留下两百多元。然而，他们的儿子在周六回家的时候竟然坐着出租车。

李秀兰也没有睡着，她看到石志康总是在翻身，就问他：

"你没睡着？"

"没有。"石志康回答。

李秀兰侧过身去问他：

"儿子坐着出租车回家要花多少钱？"

"不知道，我没坐过出租车。"

石志康接着又说：

"我想最少也要三十元。"

"三十元？"李秀兰心疼地叫了一声。

石志康叹息了一声，说道：

"这可是我们从牙缝里挖出来的钱。"

两个人不再说什么，过了一会儿石志康先睡着了，没多久李秀兰也睡了过去。

第二天上午，他们的儿子和昨天一样戴上两个耳机，听着音乐在看电视，石志康和李秀兰决定和儿子好好谈一次话。李秀兰在儿子身边坐下，石志康搬了一把椅子坐在他们面前，石志康对儿子说：

"我和你妈想和你谈一谈。"

"谈什么？"他们的儿子因为戴着耳机，所以说话响亮。

石志康说：

"谈谈家里的一些事。"

"说吧。"他们的儿子几乎是在喊叫。

石志康伸手把儿子右边的耳机拿了下来，他说：

"这几个月里，家里发生了一些事，本来不想告诉你，怕影响你学习……"

"家里出了什么事？"他们的儿子取下另一只耳机，问道。

"也没什么，"石志康说，"从这个月开始，我们厂里就没有夜班了，三百多个工人要有一半下岗，我倒不怕，我有技术，厂里还需要我……主要是你妈，你妈现在每个月只拿一百多元钱，她离退休还有四年，如果现在提前退休的话，每个月能拿三百元钱，可以连着拿三年……"

"提前退休就能多拿钱？"他们的儿子问。

他们点了点头，他们的儿子就说：

"那就退休吧。"

石志康说：

"我和你妈也是这样想。"

"退休吧。"

他们的儿子说着又要把耳机戴上去，石志康看看李秀兰，李秀兰说：

"儿子，现在家里的经济不如过去了，以后可能还要差……"

戴上了一只耳机的儿子问：

"你说什么？"

石志康说：

"你妈说家里的经济不如过去了……"

"没关系，"儿子挥了一下手，"国家的经济也不如过去了。"

石志康和李秀兰互相看了看，石志康说：

"我问你，你昨天为什么要坐出租车回来？"

他们的儿子不解地看着他们，石志康又说：

"你为什么不坐公交车？"

儿子说：

"公交车太挤了。"

"太挤了？"

石志康指着李秀兰：

"我和你妈天天都是挤着公交车回家，你那么年轻，还怕挤？"

"挤倒是不怕，就是那气味太难闻了。"

儿子皱着眉继续说：

"我最怕去闻别人身上的气味，在公交车里，那么多人挤着你，逼着你去闻他们身上的气味，那时候香水味都是臭的，还常有人偷偷放个屁……"

儿子最后说：

"每次挤公交车我都想呕吐。"

"呕吐？"

李秀兰吃了一惊，然后问：

"儿子，你是不是病了？"

"没病。"儿子说。

李秀兰看着石志康说：

"会不会是胃病？"

石志康点了点头，对儿子说：

"你胃疼吗？"

"我没病。"儿子有些不耐烦了。

李秀兰问：

"你现在每天吃多少？"

他们的儿子喊叫起来：

"我没有胃病。"

石志康继续问：

"你睡眠好吗？"

石志康又对李秀兰说：

"没睡好觉的话，就想呕吐。"

他们的儿子伸出十个指头：

"我每天睡十个小时。"

李秀兰还是不放心：

"儿子，你还是去医院检查一下。"

"我说过了，我没有病。"

他们的儿子叫着站了起来。

"不就是坐了次出租车吗！我以后不坐出租车了……"

石志康说：

"儿子，我们也不是心疼那几个钱，我们是为你好，你马上就要工作了，你自己挣了钱，就会明白钱来得不容易，就会节约……"

"是啊。"

李秀兰接过来说：

"我们也没说不让你坐出租车。"

"我以后肯定不坐出租车了。"

他们的儿子说着坐回到沙发里，补充道：

"我以后坐自己买的车。"

然后他将两个耳机塞到耳朵里，说道：

"我们班上很多同学经常坐出租车。"

李秀兰听了这话对石志康说：

"他的同学经常坐出租车。"

看到石志康点了点头，她就说：

"别人家的儿子能坐出租车，我们的儿子为什么就不能坐？"

石志康说：

"我也没说不让他坐出租车。"

这时候他们的儿子可能听到了一首喜欢的流行歌曲，晃着脑袋也唱了起来。看着儿子摇头晃脑的模样，他们相视而笑了。以后的日子也许会越来越艰难，他们并不为此忧心忡忡，他们看到自己的儿子已经长大了。

一九九五年一月二十九日

黄昏里的男孩

此刻，有一个名叫孙福的人正坐在秋天的中午里，守着一个堆满水果的摊位。明亮的阳光照耀着他，使他年过五十的眼睛眯了起来。他的双手搁在膝盖上，于是身体就垂在手臂上了。他花白的头发在阳光下显得灰蒙蒙，就像前面的道路。这是一条宽阔的道路，从远方伸过来，经过了他的身旁以后，又伸向了远方。他在这里已经坐了三年了，在这个长途汽车经常停靠的地方，以贩卖水果为生。一辆汽车从他身旁驶了过去，卷起的尘土像是来到的黑夜一样笼罩了他，接着他和他的水果又像是黎明似的重新出现了。

　　他看到一个男孩站在了前面，在那一片尘土过去之后，他看到了这个男孩，黑亮的眼睛正注视着他。他看着对面的男孩，这个穿着很脏衣服的男孩，把一只手放在他的水果上。他去看男孩的手，指甲又黑又长，指甲碰到了一只红彤彤的苹果，他的手就举起来挥了挥，像是驱赶苍蝇一样，他说：

"走开。"

男孩缩回了自己黑乎乎的手，身体摇晃了一下后，走开了。男孩慢慢地向前走去，他的两条手臂闲荡着，他的头颅在瘦小的身体上面显得很大。

这时候有几个人向水果摊走过来，孙福收回了自己的目光，不再去看那个走去的男孩。那几个人走到孙福的对面，隔着水果问他：

"苹果怎么卖……香蕉多少钱一斤……"

孙福站了起来，拿起秤杆，为他们称苹果和香蕉，又从他们手中接过钱。然后他重新坐下来，重新将双手搁在膝盖上，接着他又看到了刚才的男孩。男孩回来了。这一次男孩没有站在孙福的对面，而是站在一旁，他黑亮的眼睛注视着孙福的苹果和香蕉。孙福也看着他，男孩看了一会水果后，抬起头来看孙福了，他对孙福说：

"我饿了。"

孙福看着他没有说话，男孩继续说：

"我饿了。"

孙福听到了清脆的声音，他看着这个很脏的男孩，皱着眉说：

"走开。"

男孩的身体似乎抖动了一下，孙福响亮地又说：

"走开。"

男孩吓了一跳，他的身体迟疑不决地摇晃了几下，然后两条腿挪动了。孙福不再去看他，他的眼睛去注视前面的道路，他听到一辆长途客车停在了道路的另一边，车里的人站了起来。通过车窗玻璃，他看到很多肩膀挤到了一起，向着车门移动，过了一会儿车上的人从客车的两端流了出来。这时，孙福转过脸来，他看到刚才那个男孩正在飞快地跑去。他看着男孩，心想他为什么跑，他看到了男孩甩动的手，男孩甩动的右手里正抓着什么，正抓着一个很圆的东西，他看清楚了，男孩手里抓着的是一只苹果。于是孙福站了起来，向着男孩跑去的方向追赶。孙福喊叫了起来：

"抓小偷！抓住前面的小偷……"

这时候已经是下午，男孩在尘土飞扬的道路上逃跑，他听到了后面的喊叫，他回头望去，看到追来的孙福。他拼命向前跑，他气喘吁吁，两腿发软，他觉得自己快要跑不动了，他再次回头望去，看到挥舞着手喊叫的孙福，他知道孙福就要追上他了，于是他站住了脚，转过身来仰起脸呼哧呼哧地喘气了。他喘着气看着追来的孙福，当孙福追到他面前时，他将苹果举到了嘴里，使劲地咬了一口。

追上来的孙福挥手打去，打掉了男孩手里的苹果，还打在了男孩的脸上，男孩一个趔趄摔倒在地。倒在地上的男孩双手抱住自己的头，嘴里使劲地咀嚼起来。孙福听到了他咀嚼的声音，就抓住他的衣领把他提了起来。衣领被捏紧后，男孩没法咀嚼了，他瞪圆了眼睛，两腮被嘴里的苹果鼓了出来。孙福一只手抓住他的衣领，另一只手去卡他的脖子。孙福向他喊叫：

"吐出来！吐出来！"

很多人围了上来，孙福对他们说：

"他还想吃下去！他偷了我的苹果，咬了我的苹果，他还想吃下去！"

然后孙福挥手给了男孩一巴掌，向他喊道：

"你给我吐出来！"

男孩紧闭鼓起的嘴，孙福又去卡他的脖子：

"吐出来！"

男孩的嘴张了开来，孙福看到了他嘴里已经咬碎的苹果，就让卡住他脖子的手使了使劲。孙福看到他的眼睛瞪圆了。有一个人对孙福说：

"孙福，你看他的眼珠子都快瞪出来了，你会把他卡死的。"

"活该，"孙福说，"卡死了也活该。"

然后孙福松开卡住男孩的手，指着苍天说道：

"我这辈子最恨的就是小偷……吐出来！"

男孩开始将嘴里的苹果吐出来了，一点一点地吐了出来，就像是挤牙膏似的，男孩将咬碎的苹果吐在了自己胸前的衣服上。男孩的嘴闭上后，孙福又用手将他的嘴掰开，蹲下身体往里面看了看后说：

"还有，还没有吐干净。"

于是男孩继续往外吐，吐出来的全是唾沫，唾沫里夹杂着一些苹果屑。男孩不停地吐着，吐到最后只有干巴巴的声音，连唾沫都没有了。这时候孙福才说：

"别吐啦。"

然后孙福看看四周的人，他看到了很多熟悉的脸，他就对他们说：

"从前我们都是不锁门的，这镇上没有一户人家锁门，是不是？"

他看到有人在点头，他继续说：

"现在锁上门以后，还要再加一道锁，为什么？就是因为这些小偷，我这辈子最恨的就是小偷。"

孙福去看那个男孩，男孩正仰着脸看他，他看到男孩的脸上都是泥土，男孩的眼睛出神地望着他，似乎是被他刚才的话吸引了。男孩的表情让孙福兴奋起来了，他说：

"要是从前的规矩，就该打断他的一只手，哪只手偷的，就打断哪只手……"

孙福低头对男孩叫了起来："是哪只手？"

男孩浑身一抖，很快地将右手放到了背后。孙福一把抓起男孩的右手，给四周的人看，他对他们说：

"就是这只手，要不他为什么躲得这么快……"

男孩这时候叫道："不是这只手。"

"那就是这只手。"孙福抓起了男孩的左手。

"不是！"

男孩叫着，想抽回自己的左手，孙福挥手给了他一巴掌，男孩的身体摇晃了几下，孙福又给了他一巴掌，男孩不再动了。孙福揪住他的头发，让他的脸抬起来，冲着他的脸大声喊道：

"是哪只手？"

男孩睁大眼睛看着孙福，看了一会儿后，他将右手伸了出来。孙福抓住他右手的手腕，另一只手将他的中指捏住，然后对四周的人说：

"要是从前的规矩，就该把他这只手打断，现在不能这样了，现在主要是教育，怎么教育呢？"

孙福看了看男孩说："就是这样教育。"

接着孙福两只手一使劲，"咔"的一声扭断了男孩右手的中指。男孩发出了尖叫，声音就像是匕首一样锋利。然后男孩看到了自己的右手的中指断了，耷拉到了手背上。男孩一下子就倒在了地上。

孙福对四周的人说："对小偷就要这样，不打断他一条胳膊，也要扭断他的一根手指。"

说着，孙福伸手把男孩提了起来，他看到男孩因为疼痛而紧闭着眼睛，就向他喊叫：

"睁开来，把眼睛睁开来。"

男孩睁开了眼睛，可是疼痛还在继续，他的嘴就歪了过去。孙福踢了踢他的腿，对他说：

"走！"

孙福捏住男孩的衣领，推着男孩走到了自己的水果摊前。他从纸箱里找出了一根绳子，将男孩绑了起来，绑在他的水果摊前。他看到有几个人跟了过来，就对男孩说：

"你喊叫，你就叫'我是小偷'。"

男孩看看孙福，没有喊叫。孙福一把抓起了他的左手，捏住他左手的中指，男孩立刻喊叫了：

"我是小偷。"

孙福说："声音轻啦，响一点。"

男孩看看孙福，然后将头向前伸去，使足了劲喊叫了：

"我是小偷！"

孙福看到男孩的血管在脖子上挺了出来，他点点头说：

"就这样，你就这样喊叫。"

这天下午，秋天的阳光照耀着这个男孩，他的双手被反绑到了身后，绳子从他的脖子上勒过去，使他没法低下头去，他只能仰着头看着前面的路，他的身旁是他渴望中的水果，可是他现在就是低头望一眼都不可能了，因为他的脖子被勒住了。只要有人过来，就是顺路走过，孙福都要他喊叫：

"我是小偷。"

孙福坐在水果摊位的后面，坐在一把有靠背的小椅子里，心满意足地看着这个男孩。他不再为自己失去一只苹果而恼怒了，他开始满意自己了，因为他抓住了这个偷他苹果的男孩，也惩罚了这个男孩，而且惩罚还在进行中。他让他喊叫，只要有人走过来，他就让他高声喊叫，正是有了这个男孩的喊叫，他发现水果摊前变得行人不绝了。

很多人都好奇地看着这个喊叫中的男孩，这个被捆绑起来的男孩在喊叫"我是小偷"时如此卖力，他们感到好奇。于是孙福就告诉他们，一遍又一遍地告诉他们，他偷了他的苹果，他又如何抓住了他，如何惩罚了他，最后孙福对他们说：

"我也是为他好。"

孙福这样解释自己的话："我这是要让他知道，以后再不能偷东西。"

说到这里，孙福响亮地问男孩："你以后还偷不偷？"

男孩使劲地摇起了头，由于他的脖子被勒住了，他摇头的幅度很小，速度却很快。

"你们都看到了吧？"孙福得意地对他们说。

这一天的下午，男孩不停地喊叫着，他的嘴唇在阳光里干裂了，他的嗓音也沙哑了。到了黄昏的时候，男孩已经喊叫不出声音了，只有呰呰的摩擦似的声音，可是他仍然在喊叫着：

"我是小偷。"

走过的人已经听不清他在喊些什么了，孙福就告诉他们：

"他是在喊'我是小偷'。"

然后，孙福给他解开了绳子。这时候天就要黑了，孙福将所有的水果搬上板车，收拾完以后，给他解开了绳子。孙福将绳子收起来放到了板车上时，听到后面"扑通"一声，他转过身去，看到男孩倒在了地上，他就对男孩说：

"我看你以后还敢不敢偷东西？"

说着，孙福骑上了板车，沿着宽阔的道路向前骑去了。男孩躺在地上。他饥渴交加，精疲力竭，当孙福给他解开绳子后，他立刻倒在了地上。孙福走后，男孩继续躺在地上，他的眼睛微微张开着，仿佛在看着前面的道路，又仿佛是什么都没有看。

男孩一动不动地躺了一会儿以后，慢慢地爬了起来，又靠着一棵树站了一会儿，然后他走上了那条道路，向西而去。

男孩向西而去，他瘦小的身体走在黄昏里，一步一步地微微摇晃着走出了这个小镇。有几个人看到了他的走去，他们知道这个男孩就是在下午被孙福抓住的小偷，但是他们不知道他的名字，也不知道他来自何处，当然更不会知道他会走向何处。他们都注意到了男孩的右手，那中间的手指已经翻了过来，和手背靠在了一起，他们看着他走进了远处的黄昏，然后消失在黄昏里。

这天晚上，孙福像往常一样，去隔壁的小店打了一斤黄酒，又给自己弄了两样小菜，然后在八仙桌前坐下来。这时，黄昏的光芒从窗外照了进来，使屋内似乎暖和起来了。孙福就坐在窗前的黄昏里，慢慢地喝着黄酒。

在很多年以前，在这一间屋子里，曾经有一个漂亮的女人，还有一个五岁的男孩，那时候这间屋子里的声音此起彼伏，他和他的妻子，还有他们的儿子，在这间屋子里没完没了地说着话。他经常坐在屋内的椅子里，看着自己的妻子在门外为煤球炉生火，他们的儿子则是寸步不离地抓着母亲的衣服，在外面细声细气地说着什么。

后来，在一个夏天的中午，几个男孩跑到了这里，喊叫着孙福的名字，告诉他，他的儿子沉入不远处池塘的水中了。他就在那个夏天的中午里狂奔起来，他的妻子在后面凄厉地哭喊着。然后，他们知道自己已经永远失去儿子了。到了晚上，在炎热的黑暗里，他们相对而坐，呜咽着低泣。

再后来，他们开始平静下来，像以往一样生活，于是几年时间很快就过去了。到了这一年的冬天，一个剃头匠挑着铺子来到了他们的门外，他的妻子就走了出去，坐在了剃头匠带来的椅子里，在阳光里闭上了眼睛，让剃头匠为她洗发、剪发，又让剃头匠为她掏去耳屎，还让剃头匠给她按摩了肩膀和手臂。她感到自己的身体从来没有像那天那样舒展，如同正在消失之中。因此她收拾起了自己的衣服，在天黑以后，离开了孙福，追随剃头匠而去了。

就这样，孙福独自一人，过去的生活凝聚成了一张已经泛黄了的黑白照片，贴在墙上，他、妻子、儿子在一起。儿子在中间，戴着一顶比脑袋大了很多的棉帽子。妻子在左边，两条辫子垂在两侧的肩上，她微笑着，似乎心满意足。他在右边，一张年轻的脸，看上去生机勃勃。

一九九五年十二月二十二日

胜
利

一

　　一个名叫林红的女人，在整理一个名叫李汉林的男人的抽屉时，发现一个陈旧的信封叠得十分整齐，她就将信封打开，从里面取出了另一个叠得同样整齐的信封，她再次打开信封，又看到一个叠起来的信封，然后她看到了一把钥匙。

　　这把铝制的钥匙毫无奇特之处，为什么要用三个信封保护起来？林红把钥匙放在手上，她看到钥匙微微有些发黑，显然钥匙已经使用了很多岁月。从钥匙的体积上，她判断出这把钥匙不是为了打开门锁的，它要打开的只是抽屉上的锁或者是皮箱上的锁。她站起来，走到写字桌前，将钥匙插进抽屉的锁孔，她无法将抽屉打开；她又将钥匙往皮箱的锁孔里插，她发现插不进去；接下去她寻找到家中所有的锁，这把钥匙都不能将那些锁打开，也就是说这把钥匙与他们这个家庭没有关系，所以……她意识到这把钥匙是一个不速之客。

这天下午，这位三十五岁的女人陷入了怀疑、不安、害怕和猜想之中，她拿着这把钥匙坐在阳台上，阳光照在她身上，很长时间里她都是一动不动，倒是阳光在她身上移动，她茫然不知所措。后来，电话响了，她才站起来，走过去拿起电话，是她丈夫打来的，此刻她的丈夫正在千里之外的一家旅馆里，她的丈夫在电话里说：

"林红，我是李汉林，我已经到了，已经住下了，我一切都很好，你还好吗？"

你还好吗？她不知道。她站在那里，拿着电话，电话的另一端在叫她：

"喂，喂，你听到了吗？"

她这时才说话："我听到了。"

电话的另一端说："那我挂了。"

电话挂断了，传过来长长的忙音，她也将电话放下，然后走回到阳台上，继续看着那把钥匙。刚才丈夫的电话是例行公事，只是为了告诉她，他还存在着。

他确实存在着，他换下的衣服还晾在阳台上，他的微笑镶在墙上的镜框里，他掐灭的香烟还躺在烟缸里，他的几个朋友还打来电话，他的朋友不知道他此刻正远在千里，他们在电话里说：

"什么？他出差了？"

她看着手中的钥匙。现在，她丈夫的存在全都在这把钥匙上了，这把有些发黑的钥匙向她暗示了什么？一个她非常熟悉的人，向她保留了某一段隐秘，就像是用三个信封将钥匙保护起来那样，这一段隐秘被时间掩藏了，被她认为是幸福的时间所掩藏。现在，她意识到了这一段隐秘正在来到，同时预感到它可能会对自己产生伤害。她听到了一个人的脚步正在走上楼来，一级一级地接近她，来到她的屋门前时停了一下，然后继续走上去。

第二天上午，林红来到了李汉林工作的单位，她告诉李汉林的同事，她要在李汉林锁着的抽屉里拿走一些东西。李汉林的那位同事认识她，一位妻子要来拿走丈夫抽屉里的东西，显然是理所当然的，他就指了指一张靠窗的桌子。

她将那把钥匙插进了李汉林办公桌的锁孔，锁被打开了。就这样，她找到了丈夫的那一段隐秘，放在一个很大的信封里，有两张相片，是同一个女人，一张穿着泳装站在海边的沙滩上，另一张是黑白的头像。这个女人看上去要比她年轻，但是并不比她漂亮。还有五封信件，信尾的署名都是青青，这个名字把她的眼睛都刺疼了。青青，这显然是一个乳名，一个她完全陌生的女人把自己的乳名给了她的丈夫，她捏住信件的手发抖了。信件里充满了甜言蜜语，这个女人和李汉林经常见面，经常在电话里偷情，就是这样，他们的甜言蜜语仍然挥霍不尽，还要通过信件来蒸发。其中有一封信里，这个女人告诉李汉林，以后联系的电话改成：4014548。

二

　　林红拿起电话，拨出如下七位数字：4014548。电话鸣叫了一会儿，一个女人拿起了电话：

　　"喂。"

　　林红说："我要找青青。"

　　电话那边说："我就是，你是哪位？"

　　林红听到她的声音有些沙哑，林红拿住电话的手发抖了，她说：

　　"我是李汉林的妻子……"

　　那边很长时间没有说话，但是林红听到了她呼吸的声音，她的呼吸长短不一，林红说：

　　"你无耻，你卑鄙，你下流，你……"

　　接下去林红不知道该说什么了，她只是感到自己全身发抖。这时对方说话了，对方说：

　　"这话你应该去对李汉林说。"

　　"你无耻！"林红在电话里喊叫起来，"你破坏了我们的家庭，你真是无耻……"

　　"我没有破坏你们的家庭，"那边说，"你可以放心，我不会破坏你们的家庭，我和李汉林不会进一步往下走，我们只是到此为止，我并不想嫁给他，并不是所有的女人都像你一样……"

然后，那边将电话挂断了。林红浑身发抖地站在那里，她的眼泪因为气愤涌出了眼眶，电话的忙音在她耳边嘟嘟地响着。过了很长时间，林红才放下电话，但她依然站在那里，站了一会儿后，她又拿起了电话，拨出这样七位号码：5867346。

电话那一端传来一个男人的声音：

"喂，喂，是谁？怎么没有声音……"

她说："我是林红……"

"噢，是林红……"那边说，"李汉林回来了吗？"

"没有。"她说。

那边说："他为什么还不回来？他走了有很多天了吧？对了，没有那么久，我三天前还见过他。他这次去干什么？是不是去推销他们的净水器？其实他们的净水器完全是骗人的，他送给了我一个，我试验过，我把从净水器里面流出来的水放在一个玻璃杯里，把直接从水管子里流出来的水放在另一个玻璃杯里，我看不出哪一杯水更清，我又喝了一口，也尝不出哪一杯水更干净……"

林红打断他的话："你认识青青吗？"

"青青？"他说。

然后那边没有声音了，林红拿着电话等了一会儿，那边才说：

"不认识。"

林红说，她努力使自己的声音保持冷静：

"李汉林有外遇了，他背着我在外面找了一个女人，这个女人叫青青，我是今天才知道的，他们经常约会，打电话，还写信，我拿到了那个女人写给李汉林的信，他们的关系已经有一年多了……"

电话那边这时打断了她的话，那边说：

"李汉林的事我都知道，我就是不知道这个叫青青的女人，你会不会是误会他们了，他们可能只是一般的朋友……对不起，有人在敲门，你等一下……"

那边的人放下电话，过了一会儿，她听到两个男人说着话走近了电话，电话重新被拿起来，那边说：

"喂。"

然后没有声音了，她知道他是在等待着她说下去，但是她不想说了，她说：

"你来客人了，我就不说了。"

那边说："那我们以后再说。"

电话挂断了，林红继续拿着电话，她从电话本上看到了李汉林另一个朋友的电话，号码是：8801946。她把这个号码拨了出来，她听到对方拿起了电话：

"喂。"

她说："我是林红。"

那边说："是林红，你好吗？李汉林呢？他在干什么？"

她沉默了一会儿后说："你认识青青吗？"

那边很长时间里没有声音，她只好继续说：

"李汉林背着我在外面找了一个女人……"

"不会吧，"那边这时说话了，那边说，"李汉林不会有这种事，我了解他，你是不是……你可能是多心了……"

"我有证据，"林红说，"我拿到了那个女人写给他的信，还有送给他的相片，我刚才还给她打了电话……"

那边说："这些事情我就不知道了。"

那边的声音很冷淡，林红知道他不愿意再说些什么了，她就把电话放下，然后走到阳台上坐下来，她的身体坐下后，眼泪也流了下来。李汉林还有几个朋友，但是她不想再给他们打电话了，他们不会同情她，他们只会为李汉林说话，因为他们是李汉林的朋友。在很久以前，她也有自己的朋友，她们的名字是：赵萍、张丽妮、沈宁。她和李汉林结婚以后，她就和她们疏远了，她把李汉林的朋友作为自己的朋友，她和他们谈笑风生，和他们的妻子一起上街购物。他们结婚以后，他们的妻子替代了赵萍、张丽妮、沈宁。现在，她才发现自己一个朋友都没有了。

她不知道赵萍和张丽妮的一点消息，她只有沈宁的电话。沈宁的电话是沈宁一年多前告诉她的。她们在街上偶然相遇，沈宁告诉了她这个电话，她把沈宁的电话记在了本子上，然后就忘记了她的电话。现在她想起来了，她要第一次使用这个电话了。

接电话的是沈宁的丈夫，他让林红等一会儿，然后沈宁拿起了电话，沈宁说：

"喂，你是谁？"

林红说："是我，林红。"

那边发出了欢快的叫声，沈宁在电话里滔滔不绝地说了起来：

"听到你的声音我太高兴了，我给你打过电话，你们的电话没人接，你还好吗？我们有多久没有见面了，有一年多了吗？我怎么觉得有很多年没见面了，你有赵萍和张丽妮的消息吗？我和她们也有很多年没见面了，你还好吗？"

"我不好。"林红说。

沈宁没有了声音，过了一会儿她才说：

"你刚才说什么？"

林红这时泪水涌了出来，她对沈宁说：

"我丈夫背叛了我，他在外面找了一个女人……"

林红呜咽着说不下去了，沈宁在电话里问她：

"是怎么回事？"

"昨天，"林红说，"昨天我在整理他的抽屉时，发现一个叠起来的信封，我打开一看，里面还有两个信封，他用三个信封包住一把钥匙，我就怀疑了。我去开家里所有的锁，都打不开，我就想可能是开他办公桌抽屉的钥匙。今天上午我去了他的办公室，我在那里找到了那个女人给他的信，还有两张相片……"

"卑鄙！"沈宁在电话里骂道。

林红觉得自己终于获得了支持，她充满了内心的委屈、悲伤和气愤可以释放出来了，她说：

"我把一切都给了他，我从来不想自己应该怎么样，我每时每刻都在替他着想，想着做什么给他吃，想着他应该穿什么衣服。和他结婚以后，我就忘记了还有自己，只有他，我心里只有他，可是他在外面干出了那种事……"

林红说到这里，哭声代替了语言，这时沈宁问她：

"你打算怎么办？"

林红哭泣着说："我不知道。"

"我告诉你，"沈宁说："这时候你不能软弱，也不能善良，你要惩罚他，从现在开始你不要再哭了，尤其不能当着他流泪，你要铁青着脸，不要再理睬他，也别给他做饭，别给他洗衣服，什么都别给他做，你别让他再睡在床上了，你让他睡到沙发上，起码让他在沙发里睡上一年时间。他会求你，他甚至会下跪，他还会打自己的耳光，你都不要心软，他会一次次地发誓，男人最喜欢发誓，他们的誓言和狗叫没有什么两样，你不要相信。总之你要让他明白在外面风流带来的代价，要让他天天生活在水深火热之中，要让他觉得不想活了，觉得生不如死……"

三

几天以后，李汉林回到了家中，他看到林红坐在阳台上，对他回来无动于衷，他将提包放在沙发上，走到林红面前，把她看了一会儿，他看到林红呆若木鸡，他就说：

"出了什么事？"

林红的眼睛看着地毯，李汉林在她身边等了一会儿，她始终没有说话。李汉林就走回到沙发旁，将提包打开，把里面的脏衣服取出来扔在沙发上，然后转过脸去看了看林红。林红仍然低着头，他有些不高兴了，他说：

"你这是在干什么？"

林红的身体动了一下，她的脸转向了阳台外侧。李汉林继续整理提包，他把里面的东西全都取出来，放在沙发上，接着他发火了，他转身向林红走去，他喊叫起来：

"你他妈的这是在干什么？我刚回家你就铁青着脸，我什么地方又得罪你了？你……"

李汉林突然没有了声音，他看到林红手里捏着一把钥匙，他脑袋里响起了蜜蜂嗡嗡的叫声，他那么站了一会儿，然后走到自己的房间，打开抽屉，里面是一叠杂志，他的手从杂志下面摸过去，摸到右边的角落时，没有摸到那个叠得十分整齐的信封。于是，他觉得自己的呼吸变得困难起来。

李汉林在房间的窗前站了差不多有半个小时，然后他走出房间，脚步很轻地来到林红身旁，他把头低下去，身体也跟着弯了下去，他对林红说：

"你去过我的办公室了？"

林红坐在那里一动不动，李汉林看了她一会儿后，又说：

"你看到了青青给我的信？"

林红的肩膀开始颤抖起来，李汉林犹豫了一会儿，就把自己的左手放到了林红的肩上，林红身体猛地一动，用肩膀甩开了他的手，他的手回到了原处，垂在那里。李汉林把这只手放进了裤子口袋，他说：

"是这样的，我和青青是在两年前认识的，是在一个朋友的家里，青青是那个朋友的表妹，我经常在朋友的家里见到她，后来有一天，我在街上遇到了她，再后来，我就和她经常见面了。她和父母住在一起，我和你住在一起，所以说我们没有条件，我是说，我和她没有发生肉体关系的条件。我和她见面的地方，都是在电影院和公园，还有就是在大街上走路。我和她只是，只是有过接吻……"

他看到林红流出了眼泪，他插在裤袋里的手就伸了出来，伸向林红的肩膀，可是他看到林红的肩膀一下子缩紧了，他只好把手收回来，他摸了摸自己的额头，继续说：

"我和她全部的交往就是这些，就算你没有发现，我和她也不会做进一步的事，我在心里是很珍惜这个家庭的，我不会破坏你和我组成的这个家……"

林红听到这里猛地站了起来，走进了卧室，然后又猛地将门关上。李汉林站在原处没有动，过了大约五分钟，他走到卧室的门前，伸手轻轻地敲了两下，接着他说：

"从今天起，我不会再和青青见面了。"

四

　　林红心想：他没有哀求我，没有下跪，没有打自己的耳光，没有信誓旦旦，就是连对不起这样的话，他也没有说。

　　不过他睡在了沙发上，沈宁只是这一点说对了。他睡到沙发上之前，在她的床前站了很久，就像是一个斤斤计较的商人那样，站在那里权衡利弊得失，最后他选择了沙发。

　　他选择了沙发，也就是选择了沉默不语，也就是选择了与她分居的生活。他将自己的生活与她的生活分离开来，他不再和她谈有关青青的话题，当然他也不再以丈夫自居了，他在这个家中谨慎小心，走动时尽量不发出声响，也不去打开电视，他把自己活动的空间控制在沙发上，不是坐着就是躺着，他开始读书了，这个从来不读书的人开始手不释卷了。

　　当她出现在他的眼前时，他会立刻放下手中的书，眼睛看着她，一方面他是在察言观色，另一方面他也表白了自己，他并没有沉浸在阅读带来的乐趣里，他仍然在现实里忐忑不安着。

　　他的沉默使她愤怒，他让家中一点声音都没有，他是不是想因此而蒙混过关？问题是她不能忍受，她不能让他有平安的生活。他背叛了她，然后小心翼翼就行了？

　　她开始挑衅他，她看到他坐在沙发上，两只脚伸在地上，她就向阳台走去，走到他的脚前时，对准他的脚使劲一踢，仿佛他的脚挡住了她的路。她走到阳台上，等待着他的反应，可是他什么反应都没有，疼痛都不能使他发出声音。她站了一会儿，只好转身走回到自己的卧室，这一次她看到他的两只脚缩在沙发上了。

她继续挑衅，在傍晚来到的时候，她走到沙发前，将他的被子，他的衣服，他的书全部扔到地上，然后自己坐在沙发上，打开电视看了起来。

这一切发生时，他就坐在沙发上，电视打开后，他才站起来走到阳台上，坐在阳台的地上继续看他的书，他这样做是为了向她表明他的谦虚，他认为自己不配与她坐在一起，不配与她一起看着电视。他一直坐在阳台坚硬的地上，中间有几次站起来活动一会儿，活动完了以后，坐下来继续读书。直到她起身离开，她回到卧室躺下后，他才回到沙发上，将被她扔在地上的东西捡起来，然后躺在沙发上睡觉了。

他的沉默无边无际，反而使她不知如何是好了，她所有的挑衅都像是石沉大海一样，得不到回应。到后来，她让出了自己的床，她在沙发上躺下来看电视，她看着电视在沙发上睡着了，而且一觉睡到天亮，虽然这里面包含了她的阴谋，然而也是顺理成章的事。

她占据了他睡觉的地方，同时让出了自己的床，她让那张松软的床引诱他，让他粗心大意地睡上去，然后她就获得了与他斗争的机会。可是天亮以后，当她在沙发上醒来时，看到他坐在椅子上，头枕着餐桌而睡。

他在家中夹着尾巴做人，看上去他似乎已经在惩罚自己了，问题是这样的惩罚连累了她，她有泪不能流，有话不能喊，她怒火满腔，可是只能在胸中燃烧。她已经不指望他会哀求，他会下跪，她的朋友沈宁所说的一切，她都不指望出现了。她现在渴望的是大吵大闹，哪怕是挥拳斗殴，也比这样要好。

　　可是他拒绝给她这样的机会，也就是说他拒绝了她所选择的惩罚，他自己判决了自己，而且一丝不苟地服从这样的判决，到头来让她觉得他习惯了这种糟糕的生活，他似乎变得心安理得了，每天早晨，他总是在她前面走出家门，傍晚时又在她后面回到家中，这也无可指责，他工作的单位比她的远得多，以前也是这样，他总是早出晚归。他在单位吃了午饭，晚饭在什么地方吃的，她就不知道了，她是不再给他准备晚饭了。他回来时没有走进厨房，甚至都没向厨房看上一眼，她就知道他已经吃饱了。他坐在沙发上，拿起了一本书。他手中的书一本一本地在更换，她就知道他把那些书都看进去了，他搅乱了她的生活，让她的心理也随之失常，可是他把自己的一切都调节得很好。于是她怒火中烧，她咬牙切齿，然而她不知道如何发泄。

　　这一天傍晚的时候，她站在阳台上，突然看到他从楼下的一家饭店里走出来，她开始知道他的晚饭是在什么地方吃了。她气得浑身发抖，她在度日如年，他却是在饭店里进进出出，过着不切实际的奢侈生活。她立刻走下楼去，虽然她已经吃过晚饭了，她还要再去饱吃一顿，她在楼梯上与他擦肩而过，她没有看他一眼，她迅速地走到了楼下，走进了他刚刚出来的那家饭店，她要了几个菜，还要了酒，可是她吃了两口以后，就吃不下去了。

她在饭店里吃了三顿以后，她心疼那些钱了，她动用了他们在银行的存款，他们的钱本来就不多，他们还有很多必备的东西没有买。这样的想法让她拉住了自己的脚，她的脚跨不进了饭店的大门。她重新站在家中厨房的炉灶前，给自己做起了最为简单的晚餐。

然而，当她在家中的阳台上继续看到他从下面的饭店里出来后，愤怒使她继续走进了楼下的那家饭店，直到有一次，她与他在饭店里相遇为止。那一次她走进去时，看到他正在吃着一碗面条，她在远离他的一张桌子旁坐下，看着他周围的人都在奢侈地吃着，而他则是寒酸地吃着一碗面条，她心里突然难受起来。

就这样，后来她在给自己准备晚餐时，也给他做了一份。她把一只空碗放在桌子最显眼的地方，又将一双筷子放在碗上，将饭菜放在一旁，她希望他一进来就能注意到这些。他在这点上没有让她失望，他看到为自己准备的晚餐时，眼睛一下子闪闪发亮了，然后他试探地看了看她，确认这是为他准备的，尽管他已经吃过面条了，他还是坐到了桌前，把她做的晚餐全部吃了下去。

他吃完时，她已经回到了卧室，并且关上了卧室的门。她躺在床上，听着他打开门，走到床前，他在床前站了一会儿后，在床沿上坐下来，他对她说：

"我们能不能谈一谈？"

她没有说话，过了一会儿，他继续说：

"我们能不能谈一谈！"

她还是不说话，可是她希望他能够滔滔不绝地说着，她认为他应该指责自己了，他哪怕不是痛哭流涕，也应该捶胸顿足，他应该像沈宁所说的跪下来，应该信誓旦旦，应该把所有该说的话都说出来，虽然她一样不会理睬他，可是这些他必须做到，然而他只会说：我们能不能谈一谈。

他在她的床前坐了很久，看到她始终没有说话，就站起来走了出去，她听到他很轻地将门关上，她的泪水立刻涌了出来，他就这样不负责任地走开了。他回到沙发前，他躺下来以后，刚刚出现的进展消失了，一切又都回到了开始的时候。

五

这样的日子持续了二十六天，李汉林终于不能忍受了，他告诉林红：他身上所有的关节都在发出疼痛，他的脖子都不能自如地转动了，还有他的胃，因为生活没有规律也一阵阵地疼了，所以……他说：

"这样的生活应该结束了。"

他这时候声音洪亮了，他不再小心翼翼，不再蹑手蹑脚，他站在林红的面前挥动着手臂，他显得理直气壮，他说：

"我已经惩罚了自己，可是你还是不肯原谅我，如果我们继续这样下去，不仅是我，你也是一样无法忍受，这样的日子我实在是受够了，我不能再这样下去了，我们只能……"

他停顿了一下："我们只能离婚了。"

他说话的时候，林红一直背对着他，当她听到他说出的最后那句话时，猛地转过脸去，她说：

"你别想和我离婚！你伤害了我，你还没有付出代价，你就想逃跑了，你就想跑到青青那里去，我不会同意的，我要拖住你，我要把你拖到老，拖到死……"

她看到李汉林脸上出现了微笑，她突然明白过来，实际上他并不反对自己被拖住，哪怕是把他拖到头发花白，拖到死去，他也不会提出丝毫异议。于是她不再往下说了，她站在那里一时间不知道该怎么办，她感到泪水流出来了，随着泪水的流出，她感受到了屈辱。那么多受苦的日子过去之后，换来的却是他的微笑，她一直在等待着他的忏悔，他对自己的指责，最起码他也应该有一次的痛哭流涕，有一次让她感到他真正悔恨的行为，可是他什么都没有做，反而站到她面前，理直气壮地说：

"我们只能离婚了。"

她抬起手，将眼泪擦干净，然后她说：

"算了，我们还是离婚吧。"

说完这话，她看到微笑在他脸上转瞬即逝。她转身走入卧室，把门锁上，然后躺到床上和衣而睡了。

六

他们走在了街上，他们要去的地方是街道办事处，他们的婚姻就是在那里建立的，现在第二次去那里是为了废除婚姻。他们沿着街边的围墙往前走去，李汉林走在前面，林红走在后面，李汉林走上一会儿，就会站住脚，等林红走上来以后，再继续往前走去。两个人谁也没有开口说话，李汉林始终是低着头，皱着眉，一副心事沉重的样子。而林红则是仰着脸，让秋风把自己的头发吹起来，她没有表情的脸上有时会出现一丝微笑，她的微笑就像飘落的树叶那样，有着衰败时的凄凉。

他们走过了很多熟悉的商店，每一个商店他们都共同走进去过几次，他们又走过了很多公交车的车站，他们曾经一起站在这些站牌下等待着……就这样，他们在回忆的道路上走过去，时间也仿佛往回流了。他们来到了一个名叫黄昏的咖啡馆，李汉林站住了脚，等林红走上来以后，他没有继续往前走去，因为他想起来了，几年前他们结婚的时候，也就是他们刚从那个街道办事处登记了他们的婚姻以后，曾经来到这里，坐在临街的窗前，他喝了一杯咖啡，她喝了一杯雪碧。所以他就叫住了她，对她说：

"我们是不是进去喝一杯？"

林红这时候已经走过去了，她转过身来，抬头看了看，看到了建在屋檐上的霓虹灯，灯管拼凑出了"黄昏咖啡馆"这样五个字，于是她就接受了他的建议，他们一起走进了咖啡馆。此刻是下午，咖啡馆里没有多少人。他们选择了临街的窗前坐下，他还是要了一杯咖啡，她还是叫了一杯雪碧，然后他们都回忆起来了，几年前为了庆祝他们的结婚，他们在这里各自喝的是什么。

李汉林首先微笑了，林红也微笑起来，可是他们马上收起了笑容，将自己的脸转向别处，李汉林看着窗外，林红去看咖啡馆里其他的人，她注意到一个年轻的女子穿着鲜艳的红颜色，独自坐在他们的右侧，正看着他们。林红感到她的脸上有着古怪的神色，接着林红知道她是谁了，一个名字在林红的脑中闪现了，这个名字是青青。

林红立刻去看李汉林，李汉林也看到了青青，显然他没有料到会在这里遇上她，所以他的脸上充满了吃惊。当他将脸转回来时，看到林红正看着自己，从林红的目光里，他知道她已经明白了，他对林红苦笑了一下。

林红说："是你通知她的。"

李汉林说："你说什么？"

林红说："你告诉她我们要离婚了，所以她就来了。"

李汉林说："不！"

林红内心涌上了悲伤，她说：

"其实你不用这么焦急……"

"不，"李汉林又说，"她什么都不知道。"

林红使劲地看着李汉林，她看到李汉林脸上的神色十分坚决，她开始有点相信他的话了。她又去看那个年轻的女子，这个叫青青的正看着他们，当林红看到她时，她立刻将目光移开了，林红对李汉林说：

"她一直在看着你，你还是过去和她说几句吧。"

"不。"李汉林说。

林红继续说："我们马上就要离婚了，你还怕什么？"

"不。"李汉林还是这样说。

林红看着李汉林，他坚定不移的态度使她突然感到了温暖。她又去看青青，这一次青青没有看着他们，她正端起杯子喝着饮料，她的一条腿架在另一条腿上，她的动作看上去缺少了应有的自如。林红再去看李汉林，李汉林正看着窗外的街道，他紧锁双眉，表情凝重。林红看了他一会儿后，对他说：

"你吻我一下。"

李汉林转过脸来，吃惊地看着林红，林红继续说，

"你吻我一下，以后你不会再吻我了，所以我要你吻我一下。"

李汉林点点头，将身体探过来，林红说：

"我要你坐在我身边吻我。"

于是李汉林立刻起身坐到了林红身边，他将嘴唇贴到了林红的脸颊上，这时林红又说：

"你抱住我。"

李汉林就抱住了她，然后他感到她的嘴唇从他脸上擦过来，接住了他的嘴，她的舌头伸进了他的嘴中，她的手也抱住了他。这时候李汉林感受到了如同夜晚一样漫长的接吻，她用手控制了他的身体，用舌头控制了他的嘴，她的热烈通过他的嘴进入他体内，然后无边无际地扩散开来了。

林红的眼睛始终看着那个叫青青的女子，看着她如何不时地向他们这里张望，如何不安地将那个杯子在桌子上移动，最后又看着她如何站起来，脚步匆匆地走出了这个名叫黄昏的咖啡馆，当她红色的身影在他们身旁闪过去，并且再不会出现以后，林红内心涌上欢乐，她突然觉得自己已经胜利了。经过了二十六个日子的悲伤和愤怒、失眠和空虚之后，她不战而胜了。

她的手从李汉林身上松开，她的嘴也从李汉林嘴上移开，然后她微笑地对李汉林说：

"我们回家吧。"

一九九五年九月九日

朋
友

大名鼎鼎的昆山走出了家门，他一只手捏着牙签剔牙，另一只手提着一把亮晃晃的菜刀。他扬言要把石刚宰了，他说：就算不取他的性命，也得割下一块带血的肉。至于这肉来自哪个部位，昆山认为取决于石刚的躲闪本领。

　　这天下午的时候，昆山走在大街上，嘴里咬着牙签，眼睛里布满了血丝，小胡子上沾着烟丝。他向前走着，嘴唇向右侧微微歪起，衣服敞开着，露出里面的护腰带，人们一看就知道，昆山又要去打架了。他们跟在昆山后面，不停地打听着：

　　"谁呀？昆山，是谁呀？这一次是谁？"

　　昆山气宇轩昂地走着，身后的跟随者越来越多。昆山走到那座桥上后，站住了脚，他"呸"的一声将牙签吐向桥下的河水，然后将菜刀放在水泥桥的栏杆上，从口袋里掏出一盒大前门香烟，在风中甩了两下，有两根香烟从烟盒里伸了出来，昆山的嘴唇叼出了一根，然后将火柴藏在手掌里划出了火，点燃香烟。他暂时不知道该往何处去。他知道石刚的家应该下了桥向西走，石刚工作的炼油厂则应该向南走，问题是他不知道此刻石刚身在何处。

昆山吸了一口烟，鼻翼翕动了几下，此后他的眼睛才开始向围观他的人扫去，他阴沉着脸去看那些开朗的脸，他注意到其中一张有眼镜的瘦脸，他就对着那张脸说话了：

"喂，你是炼油厂的？"

那张瘦脸迎了上去。

昆山说："你应该认识石刚？"

这个人点了点头说："我们是一个车间的。"

随后昆山知道了石刚此刻就在炼油厂。他抬腕看了看手表，已经一点钟了，他知道石刚刚刚下了中班，正向澡堂走去。昆山微微一笑，继续靠在桥栏上，他没有立刻向炼油厂走去，是因为他还没有吸完那根香烟，他吸着烟，那些要宰了石刚和最起码也要割下一块肉的话，昆山就是这时候告诉围观者的。

当时，我正向炼油厂走去，我那时还是一个十一岁的男孩。这一天午饭以后，我将书包里的课本倒在床上，将干净衣服塞了进去，又塞进去了毛巾和肥皂，然后向母亲要了一角钱，我告诉她：

"我要去洗澡了。"

背上书包的我并没有走向镇上收费的公共澡堂，我要将那一角钱留给自己，所以我去了炼油厂的澡堂。那时候已经是春天的四月了，街两旁的梧桐树都长出了宽大的树叶，阳光明亮地照射下来，使街上飞扬的灰尘清晰可见。

我是十一点四十五分走出家门的。我将时间计算好了，我知道走到炼油厂的大门口应该是十二点整，这正是那个看门的老头坐在传达室里吃饭的时间，他戴着一副镜片上布满圆圈的眼镜，我相信饭菜里蒸发出来的热气会使他什么都看不清楚，更不要说他喜欢埋着头吃饭，我总是在这时候猫着腰从他窗户下溜进去。在十二点半的时候，我应该赤条条地泡在炼油厂的澡堂里了。我独自一人，热水烫得我屁眼里一阵阵发痒，蒸腾的热气塞满了狭窄的澡堂，如同画在墙上似的静止不动。我必须在一点钟来到之前洗完自己，我要在那些油腻腻的工人把腿伸进池水之前先清洗掉身上的肥皂，在他们肩上搭着毛巾走进来的时候，我应该将自己擦干了，因为他们不需要太长的时间，就会将池水弄得像豆浆似的白花花地漂满了肥皂泡。

可是这一天中午的时候，我走到那座桥上时站住了脚，我忘记了时间，忘记了炼油厂看门的老头快吃完饭了，那个老头一吃完饭就会背着双手在大门口走来走去，而且没完没了。他会一直这么走着，当澡堂里的热水冰凉了，他才有可能回到屋子里去坐上一会。

我站在桥上，挤在那些成年人的腰部，看着昆山靠在桥栏上一边吸烟，一边大口吐着痰。昆山使我入迷，他的小胡子长在厚实的嘴上，他说话时让我看到肌肉在脸上像是风中的旗帜一样抖动。我心想这个人腮帮子上都有这么多肌肉，再看看他的胸膛，刺刀都捅不穿的厚胸膛，还有他的腿和胳膊，我心想那个名叫石刚的人肯定是完蛋了。昆山说：

"他不给我面子。"

我不知道昆山姓什么，这个镇上很多人都不知道他的姓，但是我们都知道昆山是谁，昆山就是那个向别人借了钱可以不还的人，他没有香烟的时候就会在街上拦住别人，笑呵呵地伸出两只宽大的手掌拍着他们的口袋，当拍到一盒香烟时，他就会将自己的手伸进别人的口袋，将香烟摸出来，抽出一根递过去，剩下的他就放入自己的口袋。我们这个镇上没有人不认识昆山，连婴儿都知道昆山这两个字所发出的声音和害怕紧密相连。然而我们都喜欢昆山，当我们在街上遇到他时，我们都会高声叫着他的名字，我五岁的时候就会这样叫了，一直叫到那时的十一岁。这就是为什么昆山走在街上的时候总是春风满面。他喜欢别人响亮地叫着他的名字，他总是热情地去答应，他觉得这镇上的人都很给他面子。

现在，昆山将烟蒂扔进了桥下的河水，他摇着脑袋，遗憾地对我们说：

"石刚不给我面子。"

"为什么石刚不给你面子？"

那个瘦脸上架着眼镜的人突然这样问，昆山的眼睛就盯上他，昆山的手慢慢举起来，对着瘦脸的男人，在空中完成一个打耳光的动作，他说：

"他打了我老婆一巴掌。"

我听到了一片唏嘘声，我自己是吓了一跳，我心想这世上还有人敢打昆山的老婆，然后有人说出了我心里正想着的话：

"他敢打你的老婆？这石刚是什么人？"

"我不认识他，"昆山伸手指了指我们，"现在我很想认识他。"

瘦脸的男人说："可能他不知道打的是你的老婆。"

昆山摇摇头："不会。"

有人说："管他知道不知道，打了昆山的老婆，昆山当然要让他见血，昆山的老婆能碰吗？"

昆山对这人说："你错了，我的老婆该打。"

然后，昆山看了看那些瞠目结舌的人，继续说：

"别人不知道我老婆，我能不知道吗？我老婆确实该打，一张臭嘴，到处搬弄是非。她要不是我昆山的老婆，不知道有多少人会打她耳光……"

昆山停顿了一下，继续说，

"可是怎么说她也是我老婆，她说错了什么话，做错了什么事，可以来找我，该打耳光的话，我昆山自己会动手。石刚那小子连个招呼都没有，就打了我老婆一耳光，他不给我面子……"

昆山说着拿起桥栏上的菜刀，微微一笑，

"他不给我面子，也就不能怪我昆山心狠手毒了。"

然后，昆山向我们走来了，我们为他闪出了一条道路，人高马大的昆山在街道上走去时就像河流里一艘马力充足的客轮，而我们这些簇拥在他身旁的人，似乎都是螺旋桨转出来的波涛。

我们一起向前走着，我走在了昆山的右边，我得到了一个好位置，昆山手里亮闪闪的菜刀就在我肩膀前摆动，如同秋千似的来回荡着。这是一个让我激动的中午，我第一次走在这么多的成年人中间，他们簇拥着昆山的同时也簇拥着我。我们声音响亮地走着，街上的行人都站住了脚，他们好奇地看着我们，发出好奇的询问。每一次都是我抢先回答了他们，告诉他们昆山要让石刚见血啦，我把"血"字拉得又长又响，我不惜喊破自己的嗓子。我发现昆山注意到了我，他不时地低下头来看我一眼，我看到他的眼睛里充满了微笑。那时候我从心底里希望这条通往炼油厂的街道能够像夜晚一样漫长，因为我不时地遇上了我的同学，他们惊喜地看着我，他们的目光里全是羡慕的颜色。我感到自己出尽了风头。阳光从前面照过来，把我的眼睛照成了一条缝，我抬起头去看昆山，他的眼睛也变成了一条缝。

我们来到了炼油厂的大门口，很远我就看到了传达室的老头站在那里，这一次他没有背着双手来回踱步，而是像鸟一样地将脑袋伸过来看着我们。我们走到了他的面前，我看到他镜片后面的眼睛看到了我，我突然害怕起来，我心想他很可能走过来一把将我揪出去，就像是我的父亲，我的老师，还有我的哥哥经常做的那样。于是我感到自己的头皮一阵阵地发麻，抬起头去看昆山，我看到昆山的脸被阳光照得通红，然后我胆战心惊地对着前面的老头喊道：

"他是昆山……"

我听到了自己的声音，又轻又细，而且还像树叶似的抖动着。在此之前，老头已经站到了一旁，像刚才街道旁的行人那样好奇地看着我们。就这样，我们大摇大摆地走了进去，这老头没有表现出丝毫的阻挡之意，我也走了进去，我心想他原来是这么不堪一击。

我们走在炼油厂的水泥路上，两旁厂房洞开的门比刚才进来的大门还要宽敞，几个油迹斑斑的男人站在那里看着我们，我听到有人问他们：

"石刚去澡堂了吗？"

一个人回答："去啦。"

我听到有人对昆山说："他去澡堂了。"

昆山说："去澡堂。"

我们绕过了厂房，前面就是炼油厂的食堂，旁边是锅炉房高高的烟囱，浓烟正滚滚而出，在明净的天空中扩散着，变成了白云的形状，然后渐渐消失。两个锅炉工手里撑着铁铲，就像撑着拐杖似的看着我们，我们从他们身旁走了过去，来到澡堂的门前。已经有人从澡堂里出来了，他们穿着拖鞋抱着换下的衣服，他们的头发都还在滴着水，他们的脸和他们的赤着的脚像是快要煮熟了似的通红。昆山站住了脚，我们都站住了脚，昆山对那个戴眼镜的瘦脸说：

"你进去看看，石刚在不在里面。"

戴眼镜的瘦脸走进了澡堂，我们继续站着，更多的人围了过来，那两个锅炉工拖着铁铲也走了过来，其中一个问昆山：

"昆山，你找谁呀？谁得罪你啦？"

昆山没有回答，别人替他回答了：

"是石刚。"

"石刚怎么了？"

这一次昆山自己回答了：

"他不给我面子。"

然后昆山的手伸进了口袋，摸索了一阵后摸出了一支香烟和一盒火柴，他将香烟叼在了嘴上，又将菜刀夹在了胳肢窝里，他点燃了香烟。那个瘦脸的男人出来了，他说：

"石刚在里面，他正往身上打肥皂……"

昆山说："你去告诉他，我昆山来找他了。"

瘦脸男人说："我已经说了，他说过一会就出来。"

有人问："石刚吓坏了吧？"

瘦脸的男人摇头："没有，他正在打肥皂。"

我看到昆山的脸上出现了遗憾的表情，刚才我在桥上的时候已经看到了这样的表情，刚才是昆山认为没有给他面子，现在昆山的遗憾是因为石刚没有他预想的那样惊慌失措。这时候有人对昆山说：

"昆山，你进去宰他，他脱光了衣服就像拔光了毛的鸡一样。"

昆山摇摇头，对瘦脸男人说：

"你进去告诉他，我给他五分钟时间，过了五分钟我就要进去揪他出来。"

瘦脸的男人再次走了进去，我听到他们在我的周围议论纷纷，我看到他们所有的嘴都在动着，只有昆山的嘴没有动，一支香烟正塞在他的嘴里，冒出的烟使他的右眼眯了起来。

瘦脸的男人走了出来，他对昆山说：

"石刚让你别着急，他说五分钟足够了。"

我看到有人笑了起来，我知道他们为什么笑，他们人人都盼着石刚出来后和昆山大打出手。我看到昆山的脸铁青了起来，他绷着脸点点头说：

"好吧，我等他。"

这时候我离开了昆山，我放弃了自己一路上苦苦维护着的位置，很多次都有人将我从昆山身旁挤开，我历尽了艰险才保住这个位置。可是现在石刚吸引了我，于是我走进了澡堂，走进了蒸腾的热气之中，我看到有十来个人正泡在池水里，另外几个人穿着衣服站在池边，我听到他们说着昆山和石刚。我仔细地看着他们，我不知道他们中间谁是石刚，我想起来瘦脸的男人说石刚正在打肥皂，我就去看那个站在池水中央的人，他正用毛巾洗自己头发上的肥皂，这是一个清瘦的人，他的肩膀很宽，他洗干净了头发上的肥皂后，走到池边坐下，不停地搓起了自己的眼睛，可能是肥皂水进入了他的眼睛，他搓了一会，拧干了毛巾，又用毛巾仔细地去擦自己的眼睛。这时我听到有人叫出了石刚的名字，有人问石刚：

"要不要我们帮你？"

"不用。"石刚回答。

我看到回答的人就是搓自己的眼睛的人，我终于认出了石刚，我激动地看着他站起来，他用毛巾擦着头发向我走了过来，我没有让开，他就撞到了我，他立刻用手扶住了我，像是怕我摔倒。然后他走到了外面的更衣室，我也走进了更衣室，那几个穿着衣服的人也来到了更衣室。我看着石刚擦干了自己的身体，看着他不慌不忙地穿上衬衣和裤子，接下去他坐在了凳子上，穿上鞋开始系鞋带了。这时有人问他：

"真的不要我们帮忙？"

"不用。"他摇摇头。

他站了起来，取下挂在墙上的帆布工作服，他将工作服叠成一条，像是缠绷带似的把工作服缠到了左手的胳膊上，又将脱开的两端塞进了左手使劲地捏住，他的右手伸过去捏了捏左手胳膊上的工作服，然后站了起来，提着毛巾走到了一个水龙头前，打开水龙头将毛巾完全淋湿。

那时候已经是下午了，阳光的移动使昆山他们站着的地方成为一片阴影，他们看到了走出来的石刚。石刚站在了阳光下，他的左手胳膊上像是套着一只篮球似的缠着那件帆布工作服，他的右手提着那条水淋淋的毛巾。毛巾垂在那里，像是没有关紧的水龙头一样滴着水，使地上出现了一摊水迹。

那一刻我就站在石刚的身旁，我看到昆山身旁的人开始往后退去，于是我也退到了一棵树下。这时昆山向前走了两步，他走出了阴影，也站在了阳光里。昆山眯起了眼睛看着石刚，我立刻抬头去看石刚，阳光从后面照亮了石刚，使他的头发闪闪发亮，而他的脸上没有亮光，他没有眯起眼睛，而是皱着眉去看昆山。

我看到昆山将嘴上叼着的香烟扔到了地上，然后对石刚说：

"原来你就是石刚。"

石刚点了点头。

昆山说："石兰是不是你姐姐？"

石刚再次点了点头："是我姐姐。"

昆山笑了笑，将右手的菜刀换到左手，又向前走了一步，他说：

"你现在长成大人啦，你胆子也大啦。"

昆山说着挥拳向石刚打去，石刚一低头躲过了昆山的拳头。昆山吃惊地看了看石刚，说道：

"你躲闪倒是不慢。"

昆山的右脚踢向了石刚的膝盖，石刚这一次跳了开去，昆山的企图再次落空。他脸上出现了惊讶的神色，嘿嘿笑了两声，然后转过脸对围观的我们说：

"他有两下子。"

当昆山的脸转回来时，石刚出手了，他将湿淋淋的毛巾抽到了昆山的脸上，我们听到了"啪"的一声巨响，那种比巴掌打在脸上响亮得多的声音。昆山失声惨叫了，他左手的菜刀掉在了地上，他的右手捂住了脸，一动不动地站在那里。石刚后退了两步，重新捏了捏手里的毛巾，然后看着昆山。昆山移开了手，我们看到他的脸上布满了水珠，他的左眼和左脸通红一片。他弯腰捡起了菜刀，现在他将菜刀握在了右手，他左手捂着自己的脸，挥起菜刀劈向了石刚。石刚再次闪开，昆山起脚踢在了石刚腿上，石刚连连向后退去，差一点摔倒在地。等他刚站稳了，昆山的菜刀又劈向了他，无法躲闪的石刚举起了缠着工作服的胳膊。昆山的菜刀劈在了石刚的胳膊上，与此同时石刚的毛巾再次抽在了昆山的脸上。

我从来没有见过这样穷凶极恶的打架，我看到昆山的菜刀一次次劈在了石刚的左胳膊上，而石刚的毛巾一次次地抽在了昆山的脸上。那件缠在胳膊上的帆布工作服成了石刚的盾牌，当石刚无法躲闪时他只能举起胳膊，而昆山抵挡石刚毛巾的盾牌则是他的左手，那条湿淋淋的毛巾抽到昆山脸上时，也抽在了他的手上。在那个下午的阳光的阴影之间，这两个人就像是两只恶斗中的蟋蟀一样跳来跳去，我们不时听到因为疼痛所发出的喊叫，他们"呼哧呼哧"的喘气声越来越重，可是他们毫无停下来的意思，他们你死我活地争斗着。这中间我因为膀胱难以承受尿的膨胀，去了一次厕所。我没有找到炼油厂里的厕所，所以我跑到了大街上，我差不多跑到了轮船码头才找到了一个厕所，等我再跑回来时，我忘记了大门口传达室老头的存在，我一下子冲了进去，我似乎听到老头在后面叫骂着，可是我顾不上他了。等到我跑回澡堂前时，谢天谢地，他们仍在不懈地殴斗着。

我从来没有见过这样漫长的打架，也没有见过如此不知疲倦的人，两个人跳来跳去，差不多跳出了马拉松的路程。有些人感到自己难以等到结局的出现，这些失去耐心的人离去了，另外一些来上夜班的人接替了他们，兴致勃勃地站在了视线良好的地方。我两次看到石刚的毛巾都抽干了，抽干了的毛巾挥起来软绵绵的毫无力量，多亏了他的朋友及时递给他重新加湿的毛巾。于是石刚将昆山的胖脸抽打得更胖了。昆山的菜刀则将石刚胳膊上的工作服砍成了做拖把的布条子。这时候隔壁食堂里传来了炒菜的声响，我才注意到很多人手里都拿着饭盒了。

石刚湿淋淋的毛巾抽在了昆山的右手上，菜刀掉到了地上。这一次昆山站在那里不再动了，他像是发愣似的看着石刚，他的眼睛又红又肿，胜过他红肿的脸，他似乎看不清石刚了。当石刚向右侧走了两步时，他仍然看着刚才的方向，过了一会他撩起了自己的衣角，小心翼翼地擦起了自己疼痛的眼睛。石刚垂着双手站在一旁，他半张着嘴，喘着气看着昆山，他看了一会后右手不由一松，毛巾掉在了地上，又看了一会后，石刚抬起了自己的右手，十分吃力地将左胳膊上的工作服取下来，那件厚厚的帆布的工作服已经破烂不堪。石刚取下了它，将它扔在了地上。于是我们看到石刚的左胳膊血肉模糊，石刚的右手托住了左胳膊，转身向前走去，他的几个朋友跟在了他的身后。这时昆山放下了自己的衣角，他不断地眨着眼睛，像是在试验着自己的目光。然后，我看到晚霞已经升起来了。

我亲眼目睹了一条毛巾打败了一把刀，我也知道了一条湿淋淋的毛巾可以威力无穷。在后来的日子里，每次我洗完澡都要将毛巾浸湿了提在手上，当我沿着长长的街道走回家时，我感到自己十分勇猛。我还将湿淋淋的毛巾提到了学校里，我在操场上走来走去，寻找着挑衅者，我的同学们簇拥着我，就像当时我们簇拥着昆山。如此美好的日子持续着，直到有一天我将毛巾丢掉为止。我完全想不起来为什么会丢掉毛巾，那时候它还在滴着水，我似乎将它挂在了树枝上，我只记得我们围着一只皮球奔跑，后来我们都回家了，于是我的毛巾丢了。我贫穷的母亲给了我一顿臭骂，我同样贫穷的父亲给了我两记耳光，让我的牙齿足足疼痛了一个星期。

然后我丧魂落魄地走出了家门，我沿着那条河流走，我的手在栏杆上滑过去，我看到河水里漂浮着晚霞，我的心情就像燃烧之后的灰烬，变得和泥土一样冰凉。我走到了桥上，就在这一刻，我看到了昆山，肿胀已经从他脸上消失，他恢复了过去的勃勃生机，横行霸道地走了过来。我突然激动无比，因为我同时看到了石刚，他从另一个方向走来，他曾经受伤的胳膊此刻自在地甩动着，他走向了昆山。

我感到自己的呼吸正在消失，我的心脏"咚咚"直跳，我心想他们惊心动魄的殴打又要开始了，只是这一次昆山手里没有了菜刀，石刚手里也没有了毛巾，他们都没有了武器，他们只有拳头，还有两只穿着皮鞋的脚和两只穿着球鞋的脚。我看到昆山走到了石刚的面前，他拦住了对方的去路，我听到昆山声音响亮地说：

"喂，你有香烟吗？"

石刚没有回答，而是一动不动地站在那里，他盯着昆山。昆山的手开始拍打起石刚的衣袋，然后他的手伸进了石刚的口袋，摸出了石刚的香烟。我知道昆山是在挑衅，可是石刚仍然一动不动。昆山从石刚的香烟里抽出了一根，我心想昆山会将这一根香烟递给石刚，会将剩下的放进自己的口袋。然而我看到的情景却是昆山将那一根香烟叼在了自己嘴上，昆山看着石刚，将剩下的还给了石刚。石刚接过自己的香烟，也从里面抽出一根叼在嘴上。接下去让我吃惊的情形出现了，石刚将剩下的香烟放进了昆山的口袋。我看到昆山笑了起来，他摸出了火柴，先给石刚点燃了香烟，又给自己点燃了。

这一天傍晚，他们两个人靠在了桥栏上，他们不断地说着什么，同时不断地笑着。我看到晚霞映红了他们的身体，一直看到黑暗笼罩了他们。他们一直靠在桥栏上，他们手里夹着的香烟不时地闪亮起来。这天晚上，我一直站在那里听着他们的声音，可是我什么话都没有听进去。在后来很长的一段时间里，我始终在回忆当初他们吸的是什么牌子的香烟，可是我总是同时回忆出四种牌子的香烟——前门、飞马、利群和西湖。

一九九八年十月七日